この子はっかしや

石田哲彌
ISHIDA TETSUYA

幻冬舎MC

この子ばっかしゃ

プロローグ　―新宿ゴールデン街―

新宿のゴールデン街で久しぶりにバーボンをあおる。

と、カウンターの後ろに「電気ブランあります」の貼り紙が目に入った。

「おおっ！　珍しい！　電気ブランを置いとくの？」と聞くと、「最近、昔を思い出して、〈電気ブランあるか？〉と聞かれるので、置いておくんですよ」とマスター。

「懐かしい。私も貰おう」

その時に隣で飲んでいた青年の一人が「先輩も学連ですか？」と声をかけてきた。

「学連か、懐かしいな、その言葉」と答えると、

「聞かせてほしいんですよ…」と青年が言う。

「そのまえに」とケンは言い、「せっかくだ。きっとなにかの因縁だろう。ここのみなさんにもその電気ブランを一杯願います」とマスターに頼んだ。

「ごっつぉさんです」と青年が言い、「どこに集まって、どこで解散したんですか？」と矢継ぎ早に聞いた。

「ああ、デモか？」

「そうです」

ケンは急に若き日の自分を思い出し、こころが弾んだ。

「清水谷公園に集合。隊列を組んで、新橋までデモッて解散！」

「やっぱし…。僕達も昔の若者に負けずに、なにかをしなきゃ。もっとはっきりと僕達の気持ちをぶつけなきゃならないんだよな……」

ケンに問い掛けた青年は隣で一緒に飲んでいた友人に向かって、なにかを決意するかのように声を張り上げた。

かつて、若者はなにかに追い詰められたように突っ走り、そして駆け抜けた……。

ケンもまた、そんな一人であった。はるか遠い昔の日々が走馬灯のようにケンの頭をよぎった。

目次

第二十四話

第二十七話

テストは自由・平等の根幹

〈ここでひとこと!〉

「この子ばっかしゃ」はケンと向き合った時に、大人から発せられた咄嗟のことばである。標準語であれば「この子ばっかりは」であるが。とは言っても、どこか違うニュアンスが含まれている。おそらく「ばっかしゃ」に、時に応じたさまざまな感情が複雑に含まれているからであろう。新潟の、ラジオ局のアナウンサーがふとつぶやいた。「やんちゃで、賢くて、ちゃんと社会を知っている……同級生だったらきっと私も好きになっていたと思う……」などは、代表的な受け取りかたである。そのほかにも次のような感じ方があるかもしれない。

「1」賢い。小賢《こざか》しい。小利口。頭がよく走る。

「2」ちゃっかりしている。抜け目がない。上手に立ち回る。小正面《こずら》憎い。というように、あきれられたり、誉められたり、時にはたまげられたりもしてきた。土地の人々は方言で「うすら上手(賢く、うまく立ち回る)だて!」とか、「ほんにこの子ばっかしゃ、ちゃっかりしているて!」などと、きっと言ったに違いない。

今にして思えば、戦後の混乱期に子供なりに必死に智恵を働かせて生き抜こうとした健気な姿かもしれない。少なくとも悪賢い子供を称しているのではないことは確かだ。

今日は食堂においても「ほら、好きなものを食べなさい」という豊かな時代である。

そこであなたにお伺い!「この子ばっかりは……」と言われたことがありますか?

第一話　世直し大明神

ケンの家庭

昭和17（1942）年。主人公、ケンは新潟県の片田舎に生まれた。第2次大戦の真っ最中である。本名は大沢謙治。上杉謙信のように潔く強い人間になって自分を治めろ！　と、父親が「謙治」という名前をつけたのだと母ちゃんは教えてくれた。しかし、彼を本名で呼ぶ者は少ない。多くは「さわケン」、あるいは単に「ケン」。同級生は「ケンちゃん」と呼んだ。

昭和20年の終戦直前、父は南の国で戦死した。ケンが数え年4歳のときであった。その父は遺骨箱の中のわずかな石ころとなって帰ってきた。噂では、このとき母ちゃんはきれいな清水が流れる小川で、幾度も幾度もその石を洗っていたという。

彼には4つ違いの姉がいる。麗子という。しっかりものであった。このように、ケンの家は母子三人の典型的な母親世帯であった。もっとも同級生の多くが、一家の大黒柱を戦争で失っていたから、そう肩身の狭い思いはしなかったし、さして不都合とも思わなかった。いや、むしろ父親のいる家庭こそが不思議に思えた。なぜ父親がいるのだろうか？と。

母ちゃんの夢、自作農

ケンの家はもともと小作農家。これまで本家の田畑を耕して生計をたてていた。したがってなにをするにも本家に相談するのが常であった。たとえば学校に進学するにしても本家に相談してからである。仮に本家の子供が進学していなければ、分家の子供の進学は当然できない相談であった。たかだか子供の三輪車一つを買うにしてもそうであった。全てが本家の顔色を伺いながら物事を決めていたのである。

支配するもの、支配されるものの関係は、こうして戦後、「アメリカ」がやってくるまで続いた。

終戦後、連合国軍総司令部（ＧＨＱ）は日本軍国主義の温床であった封建的色彩をもった地主制度を解体し、農村の土地改革を強引に実施した。戦後日本の飢餓の大きな原因は地主と小作の貧富の差が大きいことにあった。持てる者と持たざる者の格差である。

小作人は物乞いのような形で地主から米や野菜を恵んでもらっていた。地主がやさしい人であれば、小作人も助かったが、きんぎょうな（厳しくやかましい）人であると、小作人は窮した。ケンは子供心にその違いを肌で感じていた。昭和22年頃から「農地解放」という言葉がしきりに囁《ささや》かれた。もっともケンにその意味がわかるはずはない。しかし、母ちゃんがやたらに「今度、田圃や畑が自分のものになるかもしれない」と希望、いや、願いにも似た気持ちで嬉しそうに話していたのが、今も耳に残っている。きっといいことがあるんだなと思った。

実は地主が耕作をしていない土地は、政府が買い上げ、耕作をしている小作人に安く払い下げしてくれるというのだ。ところが中には、これまでの恩義を持ち出して、田畑が解放される前に返してくれという地主もいた。母ちゃんはいつもそれを心配していた。そうなれば希望は一瞬にして〝パア！〟となり、崩壊することは火をみるより明らかであった。確かにそういう地主も方々にいたようである。

田を分ける人を昔から「田分けもの！」と呼んでいたように、土地は農家の宝であった。それを「解放して小作人に与えよ」というのである。日本の歴史始まって以来、初めて訪れた農村の大改革であり、大革命であった。

小作農家から自作農家へ　―母ちゃんの夢かなう―

幸いにして、大沢家の本家はそうした意地悪な妨害はしなかった。確かに本家の父ちゃんは、囲炉裏端に座って何か諦めと悔しさのこもった苦渋をぶつぶつと口にしていたがそこまでだった。

昭和23年頃だろうか。これまで耕してきた田畑が天下晴れて大沢家の所有となった。俗にいう「三反百姓」である。土地が自分のものになった。独立して生きていける！　狭い面積ではあったが、その喜びは経験した人でなければわからない。まさに別天地の喜びであり、弾けるような嬉しさであった。

こうして大沢家は小作から解放され、自作農家として新しい道を歩くこととなった。といっても、全ては母ちゃんの働きにかかっていた。朝早くから星が出るまで母ちゃんは田圃に浸かっていた。田のそばの用水に落ちた大きな石を一つ一つ「もっこ」に担いでは、外に這い上がって除地《よけち》に捨てている姿が今もケンの目蓋《まぶた》に焼き付いている。

鼻マッカーサー

冬の寒さで鼻が赤くなると、「鼻マッカーサー」や「鼻マッカーサー元帥」などと子供たちは口々に囃したてて歩いた。とにかくマッカーサー元帥（ダグラス・マッカーサー1880〜1964）は「日本で一番偉い人だ」と子供達は教えられていた。小作人はきっと自作農家となった恩恵を子供達に教え、また子供達もその恩恵を肌で感じていたからであろう。当時ケンの地域では豪農の旦那様や地域で一番幅をきかせている人を「天皇さま」と言っていた、とすれば母ちゃんは天皇さま、いや皇后さままである。その母ちゃんの夢をかなえてくれた連合国軍総司令長官のマッカーサー元帥は大沢家では世界で一番偉い救世主であった。そして守護神であり、「世直し大明神」であった。

実はケンには、ずーっと頭の片隅にこびりついていることがある。

それは小作人から自作農家にしてくれ、しかも自由にものが言える素晴らしい国にし、しかもこんなに裕福な暮らしを実現してくれたマッカーサー元帥という大恩人に一言でもいい、感謝の言葉を言わなければならないのではないか。それなのに大人達はなぜこの大恩人に感謝しようとしないのだろうか？　ということである。

ところが実際は、小作人から自作農家となった家であっても、マッカーサー元帥に感謝し、写真を額に納めて長押《なげし》に飾っているとか、毎日拝んでいるとかいった、崇敬の念を表している姿を見たことが無い。そして聞いたことも無い。当然、元帥の功績を讃えて銅像を建てようなんて話は起こるはずもない。

「喉元過ぎれば熱さ忘れる──」日本人はそういう人種なのだろうか……。

注　令和の時代になって、私ははじめて東京都八王子のお寺にマッカーサーの銅像があることを知った。しかし、終戦直後のケンには知るよしもない。結局、日本においては、銅像はここでしか建てられなかったということである。

世直し神社

北魚沼郡の守門村大倉、現在の魚沼市に「米国大統領世直シ神社」という石塔が祀られている。アメリカ合衆国第26代セオドア・ルーズベルト大統領（1858〜1919）を顕彰して建立されたものである。同大統領は日露戦争の和戦協定に奔走し、みごとに日露講和条約の成立に力を貸し、日本・ロシア両国のみならず世界に幸福をもたらした、ということから感謝をして建立したという。

「勝った。勝った」と提灯行列をして騒いでいる一方、こうして密かに石塔を建てて感謝をしている人もいたのであった。ルーズベルト大統領は、自分がまさかはるか遠い異国の地、日本において「世直し神社」の本尊として祀られているなど、夢にも思っていないに違いない。話によれば建立した庄屋さんは同大統領を「世直し大明神」と唱えて毎日拝んでいたという。ただし、第2次大戦が起こると急いで地中に埋め、終戦後、再び掘り出して祀ったのであった。

当時、日本の片隅においても、このようにきちんと石塔まで建てて、深く感謝の気持ちを表現していた人物がいたことをケンは誇りに思い、嬉しくなった。それに比べて、戦後のマッカーサー元帥への感謝の念は一体どこにいったのだろうか。

そういえばこの間、ある経営者が「日本国憲法は占領軍の押しつけによってつくられたもので、日本人自らがつくったものではない。日本人の心ではない」と語っていた。「おめさんもさ、小作から頑張って這い上がってきた人でねかの。そんなこと言える？」と聞くと押し黙ってしまった。確かに世論においても、マッカーサー元帥に感謝の念を述べたり、功績をたたえる記事など見たことはない。まるで自分の力で豊かさをつくったような顔をしている。人間は、少し豊かになるとつい恩を忘れ自分の力を誇示する。戦後の日本人の心の浅さをしみじみと感じたのであった。

自浄能力

ケンはブルブルッ！　と身震いをした。そして、「ならば！」とケン特有の台詞《せりふ》をつぶやきながら考えた。ほんとうに父ちゃん達ががんばって、もしも日本が勝ったならば日本はマッカーサー元帥のように「農地解放」を行っただろうか。俺の家のように農家の大半を占めていた小作人を自作農に変えただろうか？

力の大きい地主の了解なしに「農地解放」など、所詮、実施できるはずがない。相変わらず日本流のうやむやな形で八方まるく収め、「はい、お仕舞い！」となったに違いないと、ケンは頭の中でじゃみた（だだをこねた）。

どうも日本という国は自浄能力の無い国らしい。もしもマッカーサー元帥が日本に来なかったならば、そしてもしも日本が勝っていたならば、小作と地主の関係は相も変わらず続き、今日のような自由で豊かな日本は生まれていなかっただろう。
とすれば、俺の父ちゃんはなんのために戦い、なんのために死んだんだ！

第二話　ケン、やみ米を買いに

「カラン、カラン」。

米を入れていた1斗缶（米櫃）が空になっていた。そして、1合升のみがちょこんと缶の底に御座らした。「あっ、明日の米が無い。どうしょう……母ちゃん」

「わりいどもさ。どっからか、分けてもらってきてくんないか」

もはや夕方、米屋は無理。やれることはひとつ、「やみ米を買うこと」。ああ、またあのお絹さんに頼むしかないか……。

暗やみの中をケンはお絹さんの家に向かった。曲がりくねった細い露地を抜け、灯りもつけていない玄関からそっと家の中に入る。暗がりの中、細い三和土《たたき》が続く。そしてようやく梯子段につきあたった。天井裏から2燭《しょく》か5燭の暗い裸電球がぶらさがっていた。その薄暗い中、急な梯子段を上がった。つきあたりの部屋がお絹さんの生活の場だ。独身のようだ。

「お絹さん？」と声をかけ、トントンと戸を叩くと、「誰だ、今ごろ」と声がし、引き戸を半開きにしてお絹さんが怪訝そうな表情でぬっと顔だけ出した。

「米がのーなってしもたてー。お願い、1升だけでも売ってくれてー」とケンが頼むと、お絹さんは「高いど」と言う。

「いくら？」「120円」「高い！」「当たり前だ。ヤミだがんに」

当時の米屋では1升100円が相場だったから、ケンは「110円にまけてくれ」と頼んでみた。それでも、お絹さんは「ばかこくな（馬鹿をいうな）！　ヤミ米をまけるもんがどこにいる」と全く相手にしてくれない。

「110円しか持ってこなかった（実はもっと母ちゃんからもらってきたのだが）」とねばるケンに、「そいだば、また来いて」と、お絹さんはつっけんどんに言った。さあ、どうする？　ケン。

「あのさ、毎週、土曜日に米が来るがだろ？」

「どうしておまえ、それを知ってるがだ」

「前にお絹さんから聞いた。そんどきお絹さんは、『おまえ、2階に上げてくんねか。日《ひ》料《りょう》（＝こづかい）やるすけ』と言ったねかて」

「ああ、そうだったか」

お絹さんの家の梯子段は急で、米を2階に上げるのに、いつも往生していたのだ。

「だすけ（だから）、土曜日に来て、米を2階に上げてやるて」

お絹さんは「この子ばっかしゃ」とつぶやきながら110円にまけてくれた。

これで万事解決。そしてケンは約束どおり、土曜日の夕方、お絹さんの家に手伝いに行って、かなりの米を2階にかつぎあげてやった。そして50円の日料をちゃっかりと貰って帰ったのである。

それから20年。あるお葬式でケンはお絹さんと出会った。お絹さんはすっかり白髪のお婆さんになっていた。しかし、あの親切な心は少しも変わっていなかった。懐かしそうにケンの手を握りながら、「ケンさん、すっかり偉くなりなして……。学校の先生様になりなしたってのー。よぉーがんばりなしたの……」。そして、昔あったいろいろな思い出を昨日のことのように語った。しかし、「この子ばっかしゃ」の言葉は出なかった。

第三話　ケンは熊？　それとも猿？

ケンはいつものように友達と山に行った。ところが家に帰ると急にお腹《なか》が痛くなり転げ回った。母ちゃんは急いで輪タク（人力車のタクシー）の勘次さんを呼んでケンを病院に運んだ。ケンは病院に着くなり、またうんうん唸って、苦し紛れに身体を右に左にごろごろと転がし、のたうち回った。

先生に浣腸され、腹の中のものがすっかり出つくすとようやくケンは落ち着いて眠った。しばらくして目を覚ますと母ちゃんが心配そうに横に座っていた。

「ああ、死ぬかと思った」と晴れ晴れした顔で言うと、母ちゃんは「こんげにしょうしい（こんなに恥ずかしい）思いをしたことは初めてだて！」とケンを睨む仕草をして言った。

「なんで」と聞くと、診察の結果を話してくれた。

先生はケンのおなかのものを全部出した後、消毒したという。そして「お母さん、ちょっと見に来てください」と手術室に案内し、机の上に置かれたバット（平皿）を見せた。そこには十分に消化しきれていない樫《かし》の実や山葡萄《やまぶどう》の種、山梨《やまなし》の種、石榴《ざくろ》の実（種）、生栗《なまぐり》などが丁寧に並べられていたという。

「お母さん、謙治君はどういう遊びをしているんですか。これらは熊や猿の食べ物です」

母ちゃんはその時、顔から火が出るような恥ずかしさにおそわれたという。ケンはその日から即、入院。「一週間、絶対安静」を言い渡された。見舞い客が持ってきた菓子や果物の缶詰も絶対ダメ！。

とはいえ、実際には五日目からはもう元気になっていた。

病院の院長夫人が彼の部屋にひょいと顔を出すと、「暇でしょう。遊びに来なさい」と母屋に案内してくれた。そこには最近発刊された『おもしろブック』（少年少女雑誌、集英社）や『冒険王』（漫画雑誌、秋田書店）などの雑誌がずらりと棚に並んでいた。さっそく手に取って読んでいると、院長夫人は「うちでは毎年、粽《ちまき》を作っているんだけど、それを巻く紐、菅《すげ》というの？　それがなかなか手に入らないのよ。菅ってどんなところにあるの？　どうやって見分けるの？」と聞いた。

「茎が三角だすけ、すぐわかる。菅はだいたい日当たりのいい場所に生えている」。ケンは方々の山中を駆け巡って遊んでいるので菅のある場所もたいがい知っていた。ほとんどが断崖絶壁の危険な場所に生えている。ところが院長夫人はそんなことは無頓着。いとも簡単に「じゃ、さっそく採ってきてね、お願い」と頼んだのである。

よって、ケンは毎年、院長夫人の菅採りをするようになった。そのほかに笹の葉や餅草《もちぐさ》

（＝よもぎ）など、山のものをいろいろ頼まれるようになった。

奥さんも奥さん、山の子を上手に使ったのである。院長先生も見て見ぬふりをしていた。

そして、ケンもケンである。入院したことによってチャッカリと春の山菜を採るアルバイトを確保したのであった。

第四話　杉《すぎ》っ葉《ぱ》拾い

秋の大仕事

かつての燃料は薪《たきぎ》を主とした。特に粗いものを「薪（木炉＝ころ）」、一般に「割木《わりき》」という。細い枝や木を「ぼい（焚萱＝柴木）」といい、普通の煮炊きにはこの焚萱《ぼい》を焚いていた。さらに「焚き付け」として枯れた杉の葉、「杉っ葉」を用いた。杉っ葉は油を含み、燃えやすく火力が強いことから大変重宝がられていた。値段も焚萱が1把《わ》23〜25円なのに、杉っ葉は40円と高値であった。

「杉っ葉拾い」とは、枯れた杉の葉を拾い集めることであるが、実際には木に登って枯れた枝を落とし、それを束ねていた。

ケンは秋になると忙しい。まるで冬眠前の熊のように杉っ葉拾いから栗拾い、そして蝗《いなご》とりと目白押しに仕事をしなければならなかった。中でも杉っ葉拾いは特に大事な仕事で、これをしないと家事や家計に大きな支障をきたすのである。

というのも彼は自分の家の分のみならず、何軒かの家からも頼まれていて、責任重大であった。というのに、秋は陽が短い。秋はケンにとっては1年で最も忙しく精神的にも負担の大きい季節であった。

ケンは学校が終わると山友達と一目散に山（森）に入る。陽がすぐ落ちるので午後の3時ごろから5時ごろまでのわずか2時間が勝負であった。5時を過ぎると道も次第に見えにくくなるからである。間違って谷に落ちたという話はいくらでもあった。杉っ葉を背負って谷に落ちると、体の自由がきかないので、思いがけない大きな事故につながるのだ。しかしケンは木から落ちたことは幾度もあったが、谷に落ちたことはこれまでなかった。

彼らは日暮れ前に杉っ葉拾《ぱ》いを終えて、2把から3把を背負って、のっしのっしと山道を滑らないようにゆっくりと下りた。最も危険な道は谷に面した細い道である。「カニの横歩き」……つまり両手を広げてゆっくりと横に一歩一歩あるく。時間はかかるが、これしかない。こうしてようやく麓に辿り着く。

すでに麓には何人かの母ちゃんが、今か今かとうろうろしながら首を長くして彼らを待ち構えていた。

「売ってくれーて」と、さっそくそれぞれの束を見て、値踏みをしながら頼むのである。アルバイトとしてはいい稼ぎになった。ケンにはすでにお得意さんとなっている人もいた。

1把の大きさは大体、幅3尺（90㎝）、高さ1尺半（45㎝）くらいであったが、ずしりと重い。子供の体ではせいぜい2把から3把を背負うのが限度であった。束ね方が上手であると、中身もしっかりと詰まっていて、荷崩れしない。逆に束ね方が下手だと、束がぐさぐさして、背負ってもすぐにばらばらに崩れてしまう。これでは売れない。やはり売り物にするには、それなりの経験と技術が必要であった。

ケンは悟る

ところがここに大きな問題があった。山林の持ち主や学校林の管理人の爺《じ》さまが時々山を見回りに来るのである。そして、時にはすぐには帰らず、ずっと見張っていることもあった。ケン達はこれには閉口した。予定が未定になってしまうからである。

杉っ葉拾いといえども、実際は杉の木に登って、赤くなった枯れ枝や枯れ葉を叩き落とすのである。そうした所を目掛けて彼らはやってくるのである。中には木の下にどっかりと腰を据え、煙草を吸って待ち構えている意地悪な（？）爺さまもいた。

これでは木から下りるに下りられない。はじめは爺さまが帰るまで木の上でじーっと辛抱していたが、それでは何時になったら山から下りられるか見当もつかない。ケン達にとっては厳しく辛い時間であった。そこでケンは枝から技へと立ち木3本くらいを枝渡りをし、別の木からそっと下りて逃げたこともあった。しかし10ｍも上のこと。足がすくみ、まさに猿もどきの命懸けの枝渡りであった。しかも、うす暗くなるとさらに危険が増した。

そこでケン達は一計を案じた。枝と枝、幹と幹の間に頑丈な綱を張り、その綱を伝って木々を渡り歩く。つまり「渡し」をつくったのである。しかも下から見えないところに繋いだ。これをいくつかつくっておくと何年かは使えた。

こうして逃げる策はできたが、その代わり、せっかく所々に溜めておいた杉っ葉はごっそりと山の持ち主や管理人の爺さまに持っていかれた。涙を飲んで諦めるしかなかった。

とはいえ、そうたびたびでは、たまったもんではない。ケン達には生活がかかっているのだ。そして麓で彼らに期待して待ち構えている母ちゃん方にも義理がたたない。そこで、彼らは窮余の一策を考えた。

次の年の夏休みにケン達は「杉っ葉拾いに来てるのは俺たちだーて」と、森永キャラメルと刻み煙草を持って学校林の管理人の爺さまに謝りに行った。すると、爺さまは意外にも、顔を崩して気前よく許してくれた。併せて枝落としの手伝いまで頼まれたのである。年を取って足腰が弱くなった爺さまにとってはもっけの幸いだったのであった。一方、ケン達は落とした枝の一部を誰にも見つからないような乾燥した場所に溜めておき、秋になると、まずこれらの枝から束ねることにした。これによって、その年から安定して杉っ葉を確保することができたのである。一挙両得な方法であった。管理人の爺さまともすっかり仲良くなって、時々、大根や菜っぱなどの野菜を分けてもらったりもした。

やっぱり逃げてばかりいてはいけない！

小学5年生のケン達が実地で学んだ大きな教訓であった。

一方の管理人の爺さま。家に帰るや、いつものように晩酌。手酌をしながら子供たちを思った。彼らは突然現れて、子供なりに必死にあいそ（愛想＝気をつかうこと）をふりまいた。「ねら（おまえたち）、なんでや」と言いつつ、キャラメルと刻み煙草、そして子供たちのきらきらした目に、すっかり化《ば》かされてしまった。

爺さまは「ねらばっかしゃ」とつぶやきながら、お猪口《ちょこ》の酒をぐいと飲みほした。そして、明日も来るかなと、ふっと思った。

第五話　学校の勉強は難しい

「の」の字を読めて入学

ケンが入学する時に読めたのは「の」の字のみであった。たまたま新聞に「の」の字が多いことに気付いたからである。そこで彼はひたすら「の」の字に丸をつけた。そして最後に母ちゃんに「なんて字？」と聞いたところ、「の」だと言う。ケンはこの「の」の字のみを知って小学校に入学したのである。

8が書けない

「の」の字しか読めないで入学したケンの学習は惨憺たるものであった。

さっそくぶつかったのが、「8の字が書けない！」ことである。ゆっくりと丁寧に書いていくのに、なぜか途中で8が横に寝てしまうのである。今日でいう無限大の記号、「∞

（インフィニティー）」である。たとえば１８４の場合は１∞４となってしまう。ケンの担任の先生は中学校の校長先生のお嬢さんとかで、華の香漂うような、色白でういういしい、ケン憧れの先生であった。

彼がノートを恐る恐る出すと、一言も注意することなく、にこっとして、そのまま∞を8と認めてくれた。テストのときも丸をつけてくれた。当時のノートを彼は今でも大切に保管している。貴重な宝物なのだ。

しかし、そうはいっても、やがて2年生になる。ケンは1年生の終わり頃、一計を案じた。「そうだ8は団子ふたつを重ねればいいのだ」。つまりoを上下に重ねて8としたのである。ついでに6はoに髭、9はoに1の棒をつけた。みんなからは「変な数字！」と囃し立てられたが、結局はそれ以降もそれで通した。

ところが、後に製図を書くようになった時に、これが製図文字として役立った。人生って面白い！

第六話　すれ違う思い

いくつまで数えられる？

ある日のこと。ストーブを囲んで先生と幾人かの子供が楽しく話をしていた。先生が何気なく「あんたち、いくつまで数えられる？」と聞くと、ある子は「100！」と答える。「凄いね」と先生がそれに応じた。またある子は「1000！」と言う。「それもまた凄い！で、ケンちゃんは？」。ケンは困った。100といえば200もあり……ずっと考えると999までいく。そして1000と答えれば今度は9999までいく。またずーっと考えているうちにケンの頭は大混乱。しかたがないので「わかりません……」と答えた。先生は困ったような顔をし、周りも〝しらー〟とした、気まずい空気となってしまった。結局、ケンは「数を数えられない子」になってしまった。先生もきっとそう思ったに違いない。ケンは悲しくなった。

無限に続く数を「いくつまで？」と聞かれたらどう答えたらいい？　以来、ケンにとって頭を悩ます大きな問題となった。

割り算は難しい

ある日、先生がみんなに問い掛けた。

「ここにお饅頭があります。数えたら全部で20個ありました。4人で分けるとしたら、さあ一人何個でしょうか？」

ケンは考えた。ム・ム・ム……まず先輩が8個は取るな。日頃、ケンをいじめている年上の子をケンは思い浮かべた。そして次の子が6個、すぐ上のあの子が4個。とすれば俺に回ってくるのは2個ということになるか……。一人何個といわれてもなあー。隣の子はいち早く「5」と答えていた。あれ？　俺と違う。「はい、ケンちゃんは？」「2！」「ブー」。先生は「もう一度よく考えて？」と言う。彼は思った。じゃ上の子だ。「4！」またみんなが「ブー」。ケンはますます頭が混乱。もういいや！「わかりません！」となった。またもやケンは割り算のできない子となってしまった。後でわかったことは「みんな同じ数でいい」、ということであった。まるで水のように平らでいいのだ。少なくても自分の身辺や遊び仲間には無いことであった。

算数の「割り算」はきっと現実と違うのだ！　当たり前ではない、特別な世界なのだ。それが幼いケンの結論であった。

そして「平等、平等……」と小さくつぶやいたのであった。

それ以来ケンは、世の中には算数の「割り算」のような「平等の世界」が絶対、どこかにあるに違いないと確信した。しかし、それは一体どこにあるのだろう……。

そんな、夢のような思いがずっと頭の隅にこびりついていた。

それからずっと後のこと、彼はようやく平等の世界と出会った。芭蕉の俳句の世界である。

俳句の作者は名前のみで、肩書きをつけない。彼は唸った。

平等の世界はこんなところに潜んでいたんだ！　水のような平らな世界はやっぱりあったのだ……。

これまで抱き続けてきた割り切れない気持ちが、いっぺんに解決したような気がした。

〈芭蕉は平等の神様だ！〉

第七話　遊びに忙しい

ケンは勉強は苦手であったが、遊びとなると実力を発揮した。時には新しい遊びを工夫してみんなを楽しませることさえもあった。

ラジオを分解すると、エナメル線が巻かれた部品や油紙や銀紙が巻かれている部品が出てきた。エナメル線は細くて見えにくい。彼はさっそく10円札の角にエナメル線を結び、床に置いた。通りがかった友達が腰を屈めてお札を拾おうとすると、スルスルとお札は生きているかのように手から逃れた。あっ、騙された、と気付いた友達はケンを追い掛けた。またある時は、歯に銀紙を付けて「銀歯の婆さん」になって、教室の中を腰を屈めて杖をついて歩いた。これがまた受けた。こうしてケンは〝遊びのケン〟となってしまった。

彼の日頃の遊びをあげてみよう。

［1］家内《やうち》

トランプ・ぱっち（花札）・百人一首・福笑い・双六《すごろく》・輪ゴム（輪解かし・飛ばし）・なぎ・ゴム車・花火・けんけん・しりとりなど。

［2］三和土《たたき》（土間）や庭

相撲・竹馬・ぱっち（めんこ）・独楽《こま》・ベー独楽・丸パッチ（端に蝋が塗ってある。これを飛ばす）・釘刺し・外国人ごっこ（外国人の真似をして、でたらめに話す）

［3］町中《なか》

雪解け：ビー玉、夏〜秋：悪漢探偵で杉鉄砲・紙鉄砲、パチンコ（Y字型の木にゴムをかけ、小石を飛ばす）・爆弾（二本のボルトをつないだナットに火薬をつめて投げる。地上に落ちた衝撃で火薬が爆発）、輪ゴムピストルなど

また、水雷艦長・輪回《わっか》し・自転車乗り（三角乗り）・下駄かくし・鬼ごっこなどをして、町内を縦横無尽に走り回った。

［4］グラウンドや空き地

とび（走り）競争・はりつけ・飛行機（プロペラ）・グライダー・タコあげ、竹とんぼ・竹馬・缶足駄・天狗（一本足駄）・凧揚げ・縄跳び・片足とび・けんけん・野球：多くは田んぼが球場であった。球は糸を巻いたもので、泥の中に入った球を捕る時は、びしゃっ！と泥が飛び散るので、顔をそむけて捕った。

［5］川

水泳（ジャッポンポ）：褌をはいて泳いだ（当時、水泳用に黒い褌が市販されていた）。

魚捕り：釣り・箱眼鏡を作ってヤスで突く。やな（仕掛け）・捩じり（手で岩陰に隠れて逃れた魚を直接掴む）・投網など。いかだづくり（小竹を編んで作る）。

模型の船：輪ゴムでスクリューを回す。
七日盆の石積み：その後、乱立している石の塔に向かって投げ、どのくらい塔を倒したかを競争する（賽の河原の鬼になる）。
石投：平たい石を投げて何回浮いたかを競争（1こん・2こん）する。
川遊びの帰りにはかならず枯れた川木を拾って帰り、焚き物にした。

［6］町探険：江筋探険・露地探険

町中を走る江筋をたどり、探険する。大道をつなぐ露地を探険。これで町の隅々までが頭に入った。

［7］田圃・江川

いなご・どじょう捕り（江川の幅に合わせた独特の網を用いた）。
どじょう捕りのあとは必ず豆腐を買って帰った。びんのじ（たにし）は捕ったが食べなかった。なお、足の虫刺されなどは、蛭をつけて血を吸わせた。

［8］山

山登り・ハイキングなど。
春：山菜採り　秋：栗拾い・杉っ葉拾い・山の実（果実）採りなど。
冬：兎追い（勢子《せこ》をやらせられた）。
遊び：ターザンごっこ・木渡り（枝渡り）・薮《やぶ》こぎ。

［9］畑

いちご狩り（桑いちご）など。

［10］冬

スキー：普通のスキーのほかにスキー板を作って滑った。竹スキーには一本スキーと細い竹を何本か並べた平たいスキーがあった。いずれも熱いお湯で先端を曲げて、普通のスキーのようにし、紐をつけて滑った。

そり：約1mほどの短いスキー板を2本並べその上に箱を付ける。雪道を荷物を運ぶのに用いた。子供の遊び用にスキーを前後に分けて、前をハンドルにして自由自在に曲がれるように改良したものや、後ろに手押し車のように手押し用のハンドルを付けたものもある。

スケート：2cm幅ほどの鉄製のスキーに靴を載せられるように作った簡易スケート。靴底に付けられるブレードのみで、しかも雪上を走ることから雪に接する面はエッジではなく2cmほどの幅があり、安定して雪道を走れる。いわば鉄製の靴幅のミニスキーである。その上に長靴を載せて、動かないように金具で押さえる。当時、子供は雪道を滑って遊んだ。しかし、ソリに重い荷物を載せて運ぶ人にとっては〝きんきらが〟這う（道が滑るようになる）と、道が滑って運べなくなるので嫌がられたり叱られたりした。

冬になるとなぜかチャンバラが流行った。広い山の両側に陣地を設け、そこを基点に200mも先の敵に向かう。斬られると味方の陣地の生き柱に触って生き返り、また敵に向かう。広大で勇壮な遊びであった（集落や町同志の子供の戦い）。

そのほか：雪天狗（一本足駄）・サイの神（左義長《さんぎっちょう》）・かまくら・迷路など。

［11］女の子の遊び

ままごと・なんご（お手玉）・ぼぼさ（人形遊び・着せ替え人形）・石蹴り・おはじき（銀杏の実も使われた）・縄跳び・あやとり・リリアン・刺繍など。

ケンはこれらのほとんどの遊びを経験した。しかも夢中になって遊んだ。これではとうてい勉強する暇は無い。しかも女の子にせがまれて、ままごとや〝ぼぼさ〟（父親役）にまで加わった。刺繍やリリアンは土地柄もあって、特に流行った。しかも刺繍は縫製工場から頼まれて本格的なアルバイトにまで発展した。

よくよく考えてみると、こうした遊びにも、古くから変わらないものがある一方、新しくどんどん生まれたり、変化していくものもある。いや、絶えず変化しているといってもい。まさに遊びは生きている。しかもその遊びは多種多様で、遊びの研究をしようとしたならば、おそらく泥沼に落ち込んでしまうに違いない。

やはり子供は遊ぶのが本来の仕事である。子供から遊びをとったらどうなる？

ふっとケンは思った。遊びは子供の本質、いや、もしかしたら人間の本質……人間らしさの本質かもしれないと。

その遊びにケンはどっぷりと浸かっていたのであった。

第八話　悪漢探偵と杉鉄砲

黄色い花粉で周辺が黄色くなる時期、杉の実（雄花）も肥えてくる。この熟した形《なり》のい実を弾として、「杉鉄砲」が流行った。「止まれ！　撃つぞ！」と言って相手に向けて撃つ。ブチッ（ポン）！　と音をたてて弾が飛び出る。小さな竹筒の先からは杉の実の飛沫が煙のように上っていた。やった！　やられた！……これがまたなんともいえない快感であった。ケンのやられ方、倒れ方は特に抜群であった。

「杉鉄砲」は、まず自転車屋から車輪の芯棒をもらってくるところから始まる。

そして山にゆき、芯棒の太さの孔をした細い篠竹を何本か切ってくる。

次に杉鉄砲作り。銃身と柄に分け、柄には銃身の長さ（8〜12㎝ほど）に合わせて切った先の芯棒を入れる（銃身の長さ―芯棒より弾一つ分だけ長く。それに芯棒が入る孔の直径が、ぴちっと飛ぶ太さかどうかが勝負どころ）。この芯棒付きの柄と銃身ができれば杉鉄砲は完成。

杉鉄砲はいわば空気銃。まずひと粒（先弾）を穴（筒）に込め（装填）。先端にまで押しやる（先端から入れてもいい）。次にもうひとつの弾（後弾）を装填し、敵に向かってぐっと押せば、先に入れた弾が圧縮空気（空気圧）によって飛び出す。おおよそ5〜6ｍくらいは飛ぶ。

さあ銃撃戦の始まり。長さの異なった杉鉄砲を何本か揃え、それぞれに杉の実の弾を詰め込んでポケットに入れ、連射の準備をしておく。これらを撃ち終わると、今度はポケットに入れておいた弾を口の中に入れ、口から弾をひと粒ずつ取り出しては鉄砲に詰めて（口は重宝な物入れ）、さらに銃撃戦を行う。杉の弾は杉花粉にまみれているために、なんともいえない杉の味がするが、死ぬか生きるかの瀬戸際なので、そんなことを言ってはいられないのだ。

映画の銃撃戦さながらの撃ち合いが繰り広げられる。しかも映画のような団体戦ではない。自分以外は全てが敵。ケンは悪漢であり、探偵であるからである。したがって、前後左右に気を配って戦わなければならない。神経を360度に張りめぐらして戦いに挑む。万が一、銃撃戦で弾にあたると、「やられた！」と言って、陣地に帰り、「生き還り柱（この柱に触ると再び生き返ることができる）」に触って生き返り、また戦場に出るのだ。

今でも、たわわに実った杉の実を見ると、「もったいない」「ああ、いい弾だなあ」などと、つい思ってしまう。

はるか昔に、そんな経験があってか、ケンはいまもって花粉症になったことがない？

第九話

鉄屑拾い。「鉄・鉄管・鉄瓶・鉄橋！」

ケンが小学4・5年生の時、急に「鉄屑拾い」が巷《ちまた》で流行った。朝鮮動乱によって金属の需要が高まり、値段が高くなったことによる。そこで猫も杓子も……つまり大人から子供まで鉄や銅に関心が高まり、雨後の竹の子のように各地に「屑鉄屋」、つまり鉄や銅を買いとる「仲介屋」が生まれた。閑《ひま》な金持ちはこぞって、この商売に手を出した。彼らは「鉄屑拾い」から持ち込まれた金物を買い集めては、大元の「廃品回収業者・屑鉄商」に売るのである。いながらにして儲かる「濡れ手で粟の旦那さま稼業」であった。金属はおおよそ次のような値段であった。

銅《あかがね》百匁（375g）：60円。アルミ百匁：60円。真鍮や唐《から》かね百匁：130円。鉄1貫匁（3.75kg）：60円。鋳物《いもの》（＝鋳鉄）百匁：60円などである。

アルミ（アルマイト）が馬鹿に高かった。軽くて強く、錆びないという新材料で、貴重品であった。

ケンも友達に誘われて鉄屑拾いを始めた。

「鉄屑拾い」という言葉になんとなく抵抗があって馴染めなかったが、なにしろお金（収入）になるのだ。工員の日給が200円ぐらい、米は一升100円といった時代での鉄屑拾いはいい稼ぎであった。時には工員の日給以上を稼ぐ子もいた。ケンはとっておきの場所を発見した。大川の堰堤《えんてい》下の水が落ちる凹地である。そこに銅線などの金属が溜まっていることに気付いたのである。金属は比重が大きいので、凹地に一旦落ちると抜け出すことができずに溜まってしまうからである。難点は、その岸辺を友達が通ることであった。よって、彼は学校が終わるや否や脱兎のごとく学校を出て、みんなが帰校する前にさっさと拾いあげることにしていた。ところがある日、彼は自分の運命を変えるほどのショッキングな出来事に出くわした。

その日もケンは早めに学校から帰り、すぐさま友達と川に向かった。「今日こそは工場の職人よりも稼ぐぞ！」と意気込んでいた。彼はどうしても野球のグローブが欲しかったのである。現場に着くや、さっそく懸命に赤金（銅）を拾い集めた。ほかの金属には目もくれなかった。

ところが突然、土手の上から雷かと思える、自分が最も恐れていた声がした。

「ケンちゃ〜ん」「ケンちゃん、何しているのー」と自分を呼ぶ。まずは女の子の声。続いて鈴の音《ね》のようなきれいな声がした。最初の黄色い声は仲間の信子の声だ。そして、あとの涼やかな声は、日頃憧れている女先生の声だ。万事休す！　振り向きたくない……でも根が正直だから思い切って顔を上げ、そして土手を見上げた。案の定、先生と何人かの女の子だ。ケンの顔が真っ赤になった。なんとも見すぼらしい姿を見られてしまったのだ！

ケンは止むを得ず「魚とりー」と、手を上げて答えた。魚がそんなところにいるはずがないのに。しかも彼の腰紐には拾った銅線がいっぱいぶらさがっているではないか。

それから先、ケンはなにを、どうしたか全く覚えていない。ただ、仲間を置き去りにして一人突っ走って家に帰ったことだけを覚えている。

以来、ケンは「鉄・鉄管・鉄瓶・鉄橋！」といわれた鉄の世界からぷっつりと足を洗った。あの恥ずかしい思いは生涯忘れ得ぬであろう。それにしても「鉄・鉄管・鉄瓶・鉄橋」という言葉は一体誰が考えたのだろうか。咄嗟の言葉とはいえ、うまいことをいったものだと、今も感心している。

第十話

暇つぶしの「灰学習」 ―難しい漢字は灰学習で―

勉強は全く駄目なケンではあったが、時々難しい字を難なく書くことがよくあった。先生が「よく覚えたな」と感心して聞くと、決まって照れながら「暇だから」と答えていた。暇？

彼は学校が終わると買い物をして家に帰る。そして夕食の支度にかかる。朝はご飯、夕飯は素麺《そうめん》か冷麦《ひやむぎ》と決まっていた。ほかの料理は時間がかかったからだ。素麺や冷麦を茹でるためには、まずお湯を沸かさなければならない。しかし、沸くまでは暇である。そこで彼は竈《かまど》の中から灰を引き出し、金平糖が入っていた四角い缶の蓋に灰を平らに敷いて、この灰に今日、学校で習った面倒臭い漢字を先端を細く削った割り箸で何回も書いてみる。すると難しい漢字も簡単な漢字の組み合わせであることに気付いた。その組み合わせを分解して覚えていたのである。そして、ついでに難しい計算も、暇に任せて解いてみたりしていた。夕食作りは、彼の大事な「灰学習」の場だったのである。

ところが、夢中になって、釜のご飯を黒焦げにしたり、アルミの「蒸《ふ》かし鍋」の底を溶かすなど、幾度も失敗をやらかしていた。夢中になったときには自然（自動的）に消えてくれる竈が欲しいと、幾度思ったことか……。

後年、彼は坐禅堂に向かうときには、決まって難しい数学の問題をそっと袂《たもと》に忍ばせていた。苦痛である坐禅も、頭の中で問題を解いているうちに、いつのまにか時間がたってしまうのである。ところが驚いたことに、知らない間に「無」の境地に没入していたことを知った。「灰学習」がこんなところで役立つとは！

第十一話　割れ蓋直しが円の発見に

小学校も6年生ともなれば勉強も難しくなる。ある日、「まだ君達には早いかもしれないが、覚えていてもいいことを教えよう」と先生が黒板に大きく「π《パイ》」の字を書いた。そして「このパイには長い歴史がある。ピラミッドを造るときにもパイが使われたらしいといわれている。その計算法は２００年後に古代ギリシャの数学者、ピタゴラスによって発見されたが、難しいので中学に入ってから詳しく習ってくれ。しかし、円を勉強するには避けては通れない、重要な数だから覚えておくといいぞ。ところでパイの値は知っているかな」と、先生はゆっくりとπ＝３・１４１５と数字を並べ、「無限に続く数である」とつけ加えた。

先生が書いた「π」という珍しい文字に生徒は一斉に、「へえー」と驚きの声を出した。ところが、突然、後ろのほうから「ええ！　３・１４ってそんなに面倒なんだ……」とつぶやくような声がした。一斉に後ろを振り返ってみるとケンであった。

「ケンには簡単なのか？」と先生は顔を前に出して聞いた。せっかくπの深い意味やすごさを教え、生徒に感銘させせようと目論んでいた矢先であったから、出鼻を挫かれたような気持ちになり、一瞬、先生は鼻白んだ。しかもなんと、日頃いたずらばかりしているケンである。〈お前に一体なにがわかる?〉という気持ちもあった。

「簡単ではないけど、鍋蓋を直していたらわかった」というケンに「それはどういう意味だ?」と重ねて先生は聞いた。ケンは困ったように椅子から立ち上がって、「鍋蓋が壊れたので直した時に、蓋の周りも紐で測ってみました。それをなんとはなしに直径で割ってみたら3から3・1くらいでした。じゃ、大きい蓋はどうかな?　と測って計算してみたら、やっぱりこれも3から3・1くらいでした。ついでに釜の蓋も測ってみました。やはりこれも3から3・1くらいでした。ずっと不思議に思い、先生に一度、聞いてみようと思っていました。それが『パイ』だったんだ…」

そして、「もう一つ」とケンは申し訳なさそうに言った。

「さっきのピラミッドの話なんだけど……、一辺が長いので、なにか車みたいなものに紐を巻いてごろごろと転がしていったんじゃないかな?　雪囲いの玉縄のようにさ。そうせば（すれば）パイというのが出てくるんじゃないかな。違うかな?」。ケンはチョロッと舌を出して、申し訳なさそうに尻を下げながら椅子に座った。

先生は困った。確かに周の長さを直径で割ればπが出てくる。しかも、大小さまざまな大きさの鍋を測ったとしても、πの値は共通である。

また、ピラミッドの辺の長さも、車輪に何巻き、と決めていたのかもしれない。そうすれば素人でも作業ができる……。先生はケンを誉めればいいのか、そんな簡単なものではない、と諭せばよいのか戸惑った。

そこに終わりの鐘がカランカランと鳴って、授業はお開き。

角を無限に削いだ姿が円である。つまり無限角形である。そこに彼の「π」が存在していたのだった。日本の数学、和算の研究が向かった先がこの円の解明（円理）であった。限られた人生の人間が、無限の世界と対峙していたのだ。

〈一生に一度でいい、ピラミッドのあるエジプトに行ってみたい！〉

帰り道、ケンはそんな夢のようなことを子供心に考えていた。

第十二話　タマ（猫）の飼育から生まれた「やればできる」

タマをみんなで飼う

ケンも中学生となった。ある日、クラスの友達が登校の途中で小さな、かわいい猫を拾ってきた。「わーかわいい」とみんなが集まり、クラスで飼うことになった。名前は「タマ」と付けられた。お昼休みになるとタマは教室中をあっちこっちと駆け巡って遊び、教室中が沸いた。やがて誰かがお皿を見つけてきたので、ケンはその皿を持って「誰か恵んでくだされ……」と歩き回ると、それぞれが弁当のご飯やおかずを少しずつ皿に載せてくれたので、たちまち山盛りとなった。

やがて授業が始まる。先生に見つかるとまずい！ということから「ちっとの辛抱だ。我慢して」とタマの首に逃げないように紐をつけて教室の窓の下に出した。外は雨だったので、傘をさしてやった。

ところがベルが鳴り、授業が始まるとタマは淋しくなったのか、「にゃにゃ」と鳴きはじめた。みんなは互いに首をすくめ、口に指をたてて、「シー」の合図をした。

国語の先生が黒板に向かって板書をしていると、後ろからなにか妙な声がするので時々後ろを振りむき、怪訝そうに「誰だ？　なんの声だ？」と前の生徒に聞いた。しかし、誰も知らない振りをし、返事をしなかった。先生はしかたなく、また黒板に向かった。クラスのみんなは互いに顔を見合わせ、目と目で合図をし、「ＯＫ！」とＶサインをした。みんなに共通の秘密が生まれ、なんともいえない嬉しさや楽しさとなっていたのだ。

ところが、またタマは「にゃにゃ」と鳴いた。〈万事窮す！〉。先生はこの声は教室ではない、外だと見破り、窓の外を覗いた。いた、いた、黒い蝙蝠傘の下で猫がなにかに鳴きながらじゃれついて、遊んでいるではないか。すかさず「誰だ。猫を学校に持ってきたのは！」と先生は叫んだ。

猫を可愛がった数人がすっと立って、うなだれた。「猫を可愛がるのは悪いことでは無い。だが授業の邪魔になる…」と先生は言い、「担任の先生はわかっているのか？」と聞いた。彼らは首を振った。「ならば、どうすればいいかみんなで考えろ！」と言って先生は教室から出ていった。ちょうど授業が終わったのだ。みんなはほっと胸をなでおろした。中には「俺も立てばよかった」と言っている子もいた。女の子は「ゴメンネ、ゴメンネ」と、叱られた生徒に謝っていた。「結局、おれが首謀者か」と、ケンは思った。

そんな時に、またもやタマが「にゃにゃ」と鳴きはじめた。誰かが「あっ寒いのだ」と叫んだ。もう秋。木の葉が散りはじめていた。

ケンはとっさに窓から飛び降り、猫の首から紐をはずして抱きかかえた。教室から1人が手を出してタマを受け取り、何人かが手を伸ばして、ケンを教室の中に引きずりこんだ。

「にゃにゃ」タマをカーテンに。最悪の事態に

誰かが「寒いからなんとかしなきゃ！」と言うと、「そうだ、音楽室のカーテンが暖かそうだ」と誰かが言うのでタマを抱いてみんなで音楽室に行った。ちょうどその時間は授業がなかった。そっと教室に入り、羅紗《らしゃ》でできたカーテンの裾を軽くひと結びして、袋のようになった「溜まり」にタマをそっと入れた。タマははじめは静かにしていたが、そのうちにムズムズと動きはじめ、やがて爪をたてて外に出ようとした。まずい！　穴があく。とっさにケンは結び目を解いてタマを下に落とした。タマは驚いてどこかに逃げていった。みんなであっちこっちを目を皿にして捜し回ったが、とうとうタマを見付けることができなかった。羅紗を透かしてみると、いくつかの小さな穴があいていた。

ケンをはじめ首謀者の何人かが、首を垂れて静かに教務室に入った。教務室では「前代未聞だ！」とさっきの国語の先生が新任の担任の女先生に向かってがなりたてていた。先生は「すみません、すみません」と頭を下げて一生懸命に謝罪していた。

運の悪いことに、そこにケン達が謝りに教務室に入ったので、さらに先生の声が大きくなった。しかも、大事な羅紗のカーテンに穴をあけたというのであるから、事は音楽の先

生にまで発展し、ケン達を睨みつけた。

ケン達はしばらく立たされていたが、やがて「座れ」と言われて、教務室の真ん中に並んで座った。やがて授業が始まったので担任の先生をはじめ、叱った先生達も授業に出ていった。教頭先生がお茶を片手に持って、「またやらかしたか……」と揶揄《やゆ》とも慰めともつかない言葉をかけた。ケン達は小さな声で「ハイ」と答えた。

第十三話　「やればできる」。ケン弁論大会で熱弁を奮う？

タマの飼育首謀者、弁論大会代表に

ケン達の中学校では毎年、弁論大会が行われていた。今年もその日が近付き、その代表を誰にするかホームルームで話しあっていた。そこにケン達「タマ飼育の代表者」が悄然《しょうぜん》とした姿でぞろぞろと教室に入ってきた。

「もう、お許しが出たの？」と担任の先生が聞いた。ケンにとって一番つらかったのは、この新任の初々しい先生を悲しませることであった。したがって、今日は最悪の日であった。ケンは「はい。教頭先生がもう帰れといわれました」と言うと、「そう」と言って席に戻るように促した。

そして、先生は「さあさあ、これでみんな集まったわね。弁論大会の私たちの代表を決めましょう」とぽんぽんと2、3回、手を叩き、その場の雰囲気を変えようとした。みんなもさっき、タマ騒動があったばっかりだったが、気を取り直して代表を考えはじめた。

「なんの話?」とケンが隣の女の子に聞くと、「弁論大会があるんだって。その代表を決めているの」と答えた。

しばらくすると、隅のほうに座っていた女の子が手を挙げ、「ケン、あっ、大沢君がいいと思います」と言った。「賛成」の声が上がった。

ケンはさっと立ち上がって「代表は級長のような品行方正な人がいいと思います」と、暗に〈俺はダメだ。資格がない〉という表情をした。

「級長なんて古い! 品行方正だって……。それだってもう古いんじゃない?」と教務室で一緒に座っていた女の子が言うと、みんなが笑い出し、教室が急に和やかな雰囲気に変わった。

そしてまた、教室に沈黙の空気が広がった。みんな、代表に誰がいいかを考えていたのだ。

しばらくして、誰かが「やっぱし、ケンかな……」と言うと、方々から「ケンだ!」「ケンだ!」という声が上がった。

「じゃ、大沢君、あなたやって」と先生が言った。先生はどんな気持ちで言ったのだろうか。ケンは考えた。そして、もしかしたら先生はケンが代表になったことから、またほかの先生にいじめられるのではないかと、不安にかられた。

キャッチフレーズ決定

教室の外で猫を飼って授業の妨害をしたこと、音楽室の羅紗の高級カーテンに小さな穴をあけてしまったこと——意気消沈しているケンにさらに弁論大会の代表というお鉢が回ってきた。ケンは複雑な気持ちであった。叱られて教務室で座り、そして今度は弁論大会の代表になる。日々平穏な彼の生活が一遍に大逆転、ケンの頭の中は大混乱、盆と正月が一緒にきたような大異変であった。

俺にいいことが言えるはずがない。あれだけみんなを騒がしたのだから。第一、国語の先生や音楽の先生が許すはずがない。一体みんなはなにを考えているのだ！　もしかして罪滅ぼし……？　それはない。あまりに惨めすぎる！

しかし、弁論大会の代表選出は「級長」、そして「品行方正」の人物から「クラスの人気者」へとすでに時代は変っていたのだ。

結局ケンはクラスの代表となって弁論大会に出ることとなった。本来なら代表として「勇気リンリン」であろうが、ケンの場合、全くそのような気分にはなれなかった。しかし、〈それでも代表になったからには、責任を果たさなくては、クラスのみんなに義理がたたない！〉。いつものケンに、少しは戻っていた。

そういえば姉ちゃんが以前、こたつに入って弁論大会の練習をしていたことを思い出した。「終戦後、日本は独立し自由主義・民主主義が叫ばれ……」と始まり、最後に「心に太陽をもて、唇に歌をもて……」といった形で結んでいた。しかし、ケンにはとうてい、そのような崇高な話はできない。俺ができるのは、「どん底から這い上がれ！」ぐらいだ。〈そうだ「どん底から這い上がる詩がある」というい言葉があったな〉などを思いだしていた。しかし、それも格好よすぎでケンには似合わない。〈もっと誰にでもわかりやすく、励みになる言葉はないのか？〉

〈そうだ、貧乏から立ち上がって、成功した人がいるではないか。たとえば「松下幸之助や野口英世」などだ。俺は2人を心から尊敬している。そして励みになっている、そうだ2人を語ろう。一生懸命やれば、きっとなんでもできる……〉

こうしてようやくケンの心は決まった。キャッチフレーズは「やればできる！」。

「やればできる」、校内に流行る

当日がきた。ケンは壇上に上がった。気持ちまで上がっていた。結果、一体なにを話したか全く覚えていない。

ところがなんと3位に入賞したのである。〈そんな馬鹿な……〉と心から思った。以来、松下幸之助と野口英世はケンの希望の神様となった。

一方校内に「やればできる！」の言葉が流行した。そして行事を計画するようなときには、決まって「やればできる！」の言葉が飛びかった。そしてケンはいつのまにか「やればできる男！」となってしまっていた。

先般、同年会の話が持ち上がった。「コロナも流行っていることだし、すでにこの年だ……」と誰かが否定的な意見を言うと、「〈やればできる〉だねかて」という言葉（意見）が、どこからともなく飛び出してくる。そして、それとなくケンの表情をうかがう。80歳になってもだ。「やればできる！」の言葉は現在でも立派に生きているのだ。きっと、弱った人間の心を奮い立たせる決意の表現なのかもしれない。ほんに「この子ばっかしゃ」。

第十四話　ラジオには小人が住んでいるの？

音の出る不思議な箱に出会う

近所にラジオのある家があった。ある日、その家にお風呂をもらいに行った。ところがお風呂場に行く途中の部屋から、誰もいないのに音楽が流れていた。ケンはびっくり。そっと部屋を覗くと四角い箱から音が出ているのである。こっそり部屋に入って不思議な箱に近付いて耳を傾けた。間違いなくこの箱から音が出ている。

そこで、箱の裏に回ってみると、裏蓋にいくつかの穴があいていた。覗きこむと、何本かのガラスの管が立ち、赤い炎が上下左右に〝ちらちら〟と揺れ動いていた。

ケンがお風呂場に行くのを忘れて覗き込んでいると、突然「珍しいか？」と若い親父さんが部屋に入ってきた。「ラジオというんだ。まだ見たことがないのか」と言うのでケンは「はじめて。なんで音が出ているんだ？」と聞いた。「中にガラス管があるだろ。その中に小人が入っていて、その小人が踊ったり歌ったりしているんだ」。「え？　ホント？」と、ケンがさらに覗き込んでいるうちに若主人はニヤニヤしながら部屋から出ていった。

　ケンは町の二大祭りのひとつ、馬市の見世物小屋で、「世にも不思議な小人がいるよ。さあ入ってらっしゃい、見てらっしゃい。ほら、そこの小学生、見たことないだろ。いま見ておかないと一生見られないよ。お代はお帰りに！」とけしかけられた。手に握り締めていた20円という大金を払って小屋の中に入ると、小さな人間は確かにいた。しかも顔は大人の顔だった。珍しいというより、かわいそうにという気持ちのほうが先にきた。小さな大人は、なにかをしゃべっていたが、ケンはたまらない気持ちになって、小屋から逃げだした。

　ケンはその時の情景を思い出していた。あの小人よりさらに小さな小人がいるんだ。しかも声からして女の子だ。小さな女の子があの狭いガラス管の中でダンスをしたり歌ったりしているのだ。想像するだけで悲しくなった。風呂に入っても、頭はそのことでいっぱいであった。

　次の日、学校に行くとさっそく、「大変だ。お祭りの小人よりも、もっともっと小さな小人がいた！」と友達に言う。「ええっ、どこにいた？」とみんなが集まってきた。そこで、昨日の「驚き」を話すと、みんなが笑った。「ケン、それはだまされたんだ。ラジオだ。それは」。「ラジオ？」と聞くと「ケン、ラジオって機械、知らんのか。音が出る機械だ」という。〈ああ、また俺はみんなに遅れをとった。自分の知らないことをみんなは知っている……〉。そこでまたケンは捨て鉢のようにジャミた（悔しがって愚痴った）。〈じゃなんで鳴るんだ！〉と。

しかし、その時にはもうそばには誰もいなくなっていた。ケン、10歳。ラジオとのはじめての出会いであった。

むっつりあん（兄）ちゃんのそばで

あの狭いガラス管の中でダンスをしたり歌ったりしている小さな女の子、それが実は「音が出る機械、ラジオ」だという。そして、学校の友達は「ケン、ラジオって機械、知らんのか。お前、遅れているぞ！」という。

〈自分の知らないことをみんなは知っている……〉。ケンはなんとも言い知れぬ大きな不安に襲われた。

そこから脱出して人並みになるにはどうしたらよいのだろうか？

近所に変人というか、無口なために「むっつりあん（兄）ちゃん」と呼ばれている高校生がいた。名前は大島良雄。とにかく頭は抜群にいいそうだ。お爺さんの自慢の息子だ。

〈そうだ！、勇気を出して、あの、むっつりあん（兄）ちゃんに聞けばいい！〉

さっそく、次の日曜日、思い切ってむっつりあん（兄）ちゃんの家を訪ねてみた。玄関に入ると、あっとケンは叫んだ。玄関の隣の部屋には例の「ラジオ」とその部品らしきものが、所狭しと散らばっていた。恐る恐る「聞きたいことがある」と言うと、「狭いど」

と言ってケンを部屋に入れた。ケンは部屋に入るやいなや、「ラジオの中に小人がいるのか」と懸案の疑問を聞いた。

むっつりあん（兄）ちゃんは「小人なんかいるはずないだろ」と答えた。

「ええっ、じゃぁ、あの赤い〝ちらちら〟しているのはなんだ？」「真空管の炎（ヒーター）だ」

ガラス管の中の赤い光は小人が踊っているのではない。真空管の「炎」だった。

とにかく「小人などいない。ガラス管の中の光は小人が踊っているのではない」ことだけは確かであった。

それにしても、問題はそのガラス管だ。「ガラス管はなんだ？」と聞くと、「真空管。中から空気を抜いたガラス管だ。空気を抜かないと電気の玉が飛ばないからだ。真っ赤になって揺れている炎は細い線だ、フィラメントと言っている。熱で真っ赤（ヒーター＝電熱器）になっていて、そこから電気の玉が飛び出ているのだ」と兄ちゃんはつけ加えた。

そうか、赤くゆらゆら揺れている小人の正体は「熱で赤くなったフィラメント」なんだ。

といっても、ケンにはフィラメントそのものがよくわかっていないのだが。

うーん、難しい。よくわから無い。とすれば問題は〈どうして音が出るのだ!?　一体、誰がどこで歌っているのだ!?〉であった。

〈しかし、まっ、いいか！　なんとなくわかったような気がしたから……〉無責任なケン。

とにかくラジオには人形はいなかった。しかし、人形ではないかと思った、この頃のことは一生大切な思い出として残しておきたい……。

電流は水だ！

それからしばらく後のこと。ケンはもう6年生。あの「小人の時代」をすでに卒業していた。しかし、時々、兄ちゃんの家に顔を出していた。

ある時、例の「鉄屑拾い」をした時の疑問をそれとなく聞いてみた。

ケンが拾った電線には、ゴム管の中に太い銅線が1本入っている場合と細い銅線が何本も束になって入っている場合とがあった。同じ電線なのになんで違うのだろうという疑問である。

あい変わらず、黙々とラジオ作りにいそしんでいる兄ちゃんにケンは恐る恐る聞いてみた。

「俺にはわからない！」とぶっきらぼうに答えるものとばかり思っていたが、意外や意外、兄ちゃんは面倒がらずに手を休めて教えてくれた。

「電流は水の流れと同じだ。ゆっくりと流れるときは、川の流れのように流れるが、早さが増すと管の縁を伝わって流れる。学校の水道を見ればわかる。縁を伝わって丸くなって出るだろ？　同じように電流も早い流れだから銅線の縁を伝わって流れるんだ。だからいくら太くても電流は銅線（導線）の外側しか流れない。じゃ真ん中は空洞になってしまい、もったいないよな」「うん」「だったら、銅線を細くして何本も入れれば、電流は何本もの銅線の縁を伝わって通るから、線全体に電流が通ることになるだろう？」「うーん」「ま、材料が無駄なく使えるということだ」「じゃ太い線は？」「大量の水が流れるようなときだ！余裕がないと困るからな」「なるほど……納得」

ケンは初めて電流が水のようなものだと知って、目が覚めるような気がした。鉄屑拾いも馬鹿にしたものではなかった。そして、なんか凄いことを発見したような気がしたのであった。

電気の世界は水世界

ケンは電気は水の流れと考えればいいということを兄ちゃんから教わった。まさに大発見であり大収穫であった。まるでケンの頭に革命が起こったようであった。

とにかく電流は「水の流れ」なんだ。じゃ、電圧はなんだ？　川の流れの激しさだという。水の落ちる高さが高いか、低いかである。とすれば抵抗は？　それは水車のように仕事をする仕事屋、つまり水の流れは仕事屋に仕事をさせるためなんだ。じゃー、ついでに、コンデンサーというのはなに？　水を貯める貯水タンクだそうだ。

難しい！　難しい！　と思っていたことが意外に単純であった。じゃ、兄ちゃんがいつも首っ引きでみている配線図も水の通り道を書いたようなものだ。うんそうだ。一人でご満悦。兄ちゃんのおかげだ。兄ちゃんによると、ケンが昔、お札《さつ》につけて友達をだました細いエナメル線が巻かれた部品は「コイル」というそうだ。しかし、それもケンにはまだ難しいことであった。

注　銅線を巻いた「コイル」の奇妙な性格については、まさに謎に満ちていて、大学を卒業するまでケンには理解できなかった。

【1】電気回路の基本はこの電流と電圧を軸に、抵抗とコンデンサーとコイルという3つの部品で成り立っているといっていい。ただし、ラジオとなると、真空管（後にダイオードやトランジスターに変わる）という特殊な部品が登場し、この真空管なしではなりたたないと兄ちゃんは教えてくれた。

【2】それでは交流を直流にするにはどうすればいい？　ケンはとうとう気楽に兄ちゃんにいろいろなことが聞けるようになっていた。

彼は「電気で言ってもわからないだろ。水の流れで教えよう」と言って、次のように教えてくれた。

まず、行ったり来たり、渦巻きのように流れている水の流れを「一方しか通さないもの」、たとえばポンプの弁（ゴムの蓋・ベロ）のようなものを通して流れを一定にし（ただし、まだ脈打っている）、その流れてきた水をタンクに貯め、その底から蛇口で出せば一定の流れの、しかも脈打っていない、きれいな水流となる。これが直流だ。電気ではこれを「整流回路」とか「平滑回路」というそうだ。

ケンはだんだん「電気通」になってきたような、いい気分になっていた。

電流と水は水と油ほどの違い？

そうか電流というのは水のようなものか——

いかにもわかったような口振りでケンがつぶやくと、そばにいた兄ちゃんはとたんに「違う！」と鋭く言った。

「えっ！　違う？」と怪訝な顔をすると、「大違いだ」と言った。〈あれ？　この間の話と違うではないか……〉。

兄ちゃんはどう説明していいのか戸惑っていたが、ふっと顔を上げて「粘り気の大きさが違うんだ」と言った。

「水は粘っこいが、電流はさらさらしているんだ」。ええっ？　ケンにはまたわからない世界が生まれた。お手上げだ。

注　後にケンは、兄ちゃんから素晴らしいことを教わっていたことを改めて認識したのであった。口数こそ少なかったが、彼はまさに優秀で偉大な人物だったのである。

ケンは後の大学の研究室時代、空気や水、そして油など流体を研究する仕事に従事した。この時になぜ電気が発展したか、その根本をはじめて知ったのである。電流は確かに粘性《ねんせい》は存在するが水などよりはるかに小さい。いわばほとんど無視していい。

これに比べて水や油は粘性が大きく粘っこい。

粘性が入ると方程式を解くのが急に難しくなり、その多くが解けない。具体的には方程式4つに対して未知数は5つとなるからである。

ところが、一方の電流は先に述べたように粘性を無視してもいいから、方程式を簡単に解くことができる（方程式4つに未知数4つ）。その差が発展の差となった、といっていい。

その根源をわずか小学校6年生の子供に高校生が教えたのである。

ケンの電気学入門

ケンはいつのまにか兄ちゃんの「ラジオ作り」に自然と惹かれていった。学校が終わって買い物から帰ると、すぐさま、兄ちゃんの家に向かった。兄ちゃんはすでに家に帰っていた。そして相変わらず黙々とラジオ作りに専念していた。ケンは邪魔しては悪いと思い、ただ覗き込んで見ていた。

兄ちゃんは時々、『初歩のラジオ』や『ラジオの制作』などの本をめくっては、ひとりでじっと考えこみ、そしてまたラジオを組み立てていた。ケンも格好つけて、その本をめくってみると、奇妙な図が載っているばかりで、さっぱりわからない。兄ちゃんに聞くと「配線図だ」、と教えてくれた。まさに異次元の世界の絵模様で、いわば音楽の楽譜のように思えた。一般人には全く読めないし、またわからない。ケンにとってはまさに別世界の暗号のように思えた。

配線図は先にも述べたように、「水の通り道」だということを教わって、ようやくわかったような気がしたのであった。とはいえ、「配線図」を見るとやはりチンプンカンプン。

家に帰って「配線図」を広げ、「ああ、世の中にはわからないことだらけ！」と、大人のような言い方をして叫ぶと、母ちゃんは、ただ「そいがー（そうなのー）。それは大変、大変」と言い、「私にはさっぱり」と手を顔の前で払って笑うだけであった。

ラジオづくり開始

［1］鉱石ラジオの制作

中学1生ともなると、ケンは学校に家庭にと、さらに忙しくなったが、そうした中でもラジオづくりは、どうしても逃れられない趣味となってしまった。兄ちゃんのそばで作っているだけで、なんとなく偉くなったような気がしたのである。

当初、真空管など高価なものは買えないので、安価な鉱石ラジオを作ってみた。鉱石というから、なにか石の固まりのようなものを想像したが、ゲルマニウムダイオードという鉱石検波器であった。２極真空管や半導体のダイオードの原型である。それらは交互に流れる電流（交流）を一方的に流れる直流に変える重要な金属である。先のポンプの弁（ゴムの蓋・ベロ）である。普通の導体と異なり、電流を通しにくい性質から「半導体」という。

ようやく鉱石ラジオが完成。レシーバを耳にあて、かすかに音が聞こえた時の感動は今も忘れられない思い出となっている。とは言っても、雑音が多く、残念ながら内容を十分に聞き取ることはできなかった。当然、兄ちゃんの作るラジオのきれいな音にはとうていかなわなかった。

［2］高1ラジオ（高周波1段増幅）に

結局、鉱石ラジオはそれをもって終わりとし、ケンは本格的にラジオづくりに挑戦した。そして、これまで、時間がないことからどうしても敬遠がちであったラジオ雑誌を片っ端から読み漁り、ラジオの基本的構造をようやく飲み込んだ。

ラジオは家庭電流を電源にして、いくつもの放送局から空中に発信されている電波をとらえて、それを音声にして聞こうというのだから凄い機械だ。

だからその構造は、

①先ず一般家庭に流れている交流を直流に変える。［電源回路（整流回路）］
②空中に飛んでいる電波を捕える。［同調回路］
③捕えた電波から特定の電波を選ぶ。［検波回路］
④電波を音声に変え、大きく聞こえるようにする。［増幅（電圧・電力）回路］

⑤拡声器（スピーカー）で聞く。

ケンは当時はやりの「高周波1段増幅」をようやく完成することができた。使用された「12F管」「6ZP1管」「6D6管」などの真空管は生涯、忘れ得ぬ名前となった。文化放送1130キロヘルツの「旺文社の大学受験ラジオ講座」の音楽が聞こえた時は鉱石ラジオの完成の感動とはまた別の大きな感動であり、そして言い知れない喜びであった。まさに兄ちゃんのおかげでといっていい。

むっつり兄ちゃんはケンの大恩人となった。

第十五話

学生運動の巣窟？　に住む
― 今はなき幻の東京学生会館 ―

無一文のケンの住みか

千代田区代官町は江戸城の中。そこがケンの住みかである。

靖国神社を過ぎるとさくら並木のお堀（千鳥ヶ淵）があり、ユリカモメがすいすいと泳いでいる。そのお堀に架かる橋を渡り、田安門をくぐって右に曲がると警察学校がある。その前を通ると、突き当たりにまるで軍隊の兵舎のような厳しい建物がデンと待ち構えていた。それがケンの新しい住みかである。かつては近衛兵の宿舎だったという。その名前は学徒援護会東京学生会館。

ケンは進級してようやく大学生の気分になったが、それまで住んでいたアパートの契約は4月までで、次の住まいをすぐに見つけなければならない。困っていた矢先、友人が耳寄りの情報を持ってきてくれた。皇居の中に学生寮があるという。そこには東大から早大、慶大など都内の大学に通う多くの学生が生活をしているという。まるで梁山泊のような存在。

文部省（当時）の管轄で寮費は月額３００円と破格の安さだ。ただし、プロレタリアでなければ入居不可。ブルジョアは絶対ダメ。

ケンはさっそく言われたとおり、その学生寮を訪れた。門を入り、最初の部屋のドアをノック。「こんにちは」とドアを開くと、山のように積み重なった新聞紙の中から、「誰だ」と声がし、精悍な口髭の男が現れた。

「お主、なにものか？」「はい。寮に入るために面接試験に来ました」「どこの大学だ」「R大学です」「そうか、隣がその大学だ」というや否や、さっさと隣の部屋に行き、「おい。小出君いるか？」と声をかけた。すると、「どーれ」と声がして木刀を携えた男が現れた。口髭の男がなにか語ると、「入館希望者？……じゃ会館生を集めて」とそばにいた男に声をかけ、自分はどっかと奥の椅子に腰掛けた。やがてさまざまな格好をした会館生が次々と集まり、思い思いの椅子やベッドに腰掛けた。たちまち狭い部屋が満杯となった。先の小出君と呼ばれた男が「分会長は吉田君だったな。じゃ、始めてくれ」と言う。分会長と呼ばれた学生がおもむろに、ケンの履歴書を読み上げた。「どうもブルジョアではないらしい。どうかな、みんな？」と、周りの会館生に聞いた。「合格！」と誰かが言うと、「異義ナシ！」という声が飛んだ。分会長は「よって合格。すぐに入館手続きをしてくれ。君の部屋はここ、東館５号」と言うと、さっさと部屋から出ていった。

入れ代わりにさっきの精悍な口髭の男が入ってきた。

「お主《ぬし》、入館おめでとう。あ、わしは上村満造。W大7年生だ。よろしく！」。7年生？恐ろしい所に来たもんだ！

会館の学生風景

ケンはさっそく事務所に行き、入館手続きをして学生会館の住人となった。細い糸がようやくつながり、安息の地に落ち着いたような感じがした。

この学生会館は文部省が管轄する「学徒援護会」が運営している。詳しくは後に述べるが、かつては江戸城北の丸に田安家の屋敷があった場所。明治維新に近衛兵歩兵連隊の兵舎となり、通称「竹橋陣営」と呼ばれた。

終戦後、庁舎は学徒援護会運営の「東京学生会館」と「警視庁警察学校」となった。両者の前の広場は警察学校のグラウンド、いわば訓練場である。

ケンの宿舎となった部屋は板敷き、2段ベッドが2つ、4人部屋。上のベッドには柱に取り付けた直立のハシゴを登る。高い！　2mはあろうか。しかも仕切りが無い。うっかりすると、転げ落ちて怪我をしそうだ。さすが近衛兵。いつでも出動できるようになっていたのだ。

しばらく暮らしていくうちに、次第に会館内の様子がわかってきた。都内中の大学の学生が集まっているのだから200人から300人と、大変な数と思われるが残念ながら不明。

外に設けられた洗い場で洗面から炊事、洗濯など全てを行う。会館には食堂があり、味噌汁はなんと13円。安い！　隣のテーブルでは「マルクス・エンゲルス」や「レーニン」、そして『資本論』などの言葉が盛んに飛び交い、議論が戦わされていた。ケンはその方面には全く無縁であったから、全てが初耳であった。「全学連」や「社青同」「革マル」などの言葉もやたら飛び交っていた。もしかしたら、ここは学生運動の巣窟？

会館ではいろいろな人物がいて面白い。『資本論』の研究者もいれば「一日一発明」という発明家の卵、「これからは原子力だ！」と意気込む研究者など多彩だ。当初、異常な社会に見えたが、どうしてどうして、学生社会の縮図がそこにあった。

会館生の多くは2部の学生。つまり夜間に通い、昼は大概どこかの高校の講師か大学の研究室などに勤めていた。そんなことから、東工大ではどんな研究をしているとか、東大では……、といった情報の交換も盛んに行われていた。それぞれが最先端で活躍していることも次第に見えてきた。わかったことは、意外に真面目な学生が多い、ということであった。特に最先端の原子力を指向している学生が何人もいることに度胆《どぎも》を抜かれた。彼らと話していると、アインシュタインはもとより、マックス・プランクやニールス・ボーアなど有名な科学者の名前や、大学では縁遠いような高度な用語が日常会話の中でぽんぽんと飛び出てくるのだ。ケンは驚くばかりであった。

会館は情報収集の場?　―学生会館に咲いた学生運動の華―

会館は貧乏学生の溜まり場であった。全学連のリーダーらしきグループが会館の中枢を担い、治外法権的な自治を行っていた。したがって文部省の役人といえども、なかなか内部に入り込むことは難しかった。警察官などはもってのほかである。

安保闘争から学生運動の火は各大学に燃え広がった。そうした情報収集や連携も、各大学の学生が集まっている会館だけに簡単にできた。彼らはそうした情報を収集し、各大学の反権力闘争の先頭に立って、デモを指導していた。その意味で会館は学生運動の巣窟と言われても仕方がないともいえる。

青年、特に学生は政治に深い関心をもっている。いや、若者が政治に関心をもたなくてどうする。自分たちの未来の問題ではないか……。

国会で審議されている法案に疑問があると、各大学の分会長が集まり、法案の内容を議論、そして庶民に多大な不利益がおよぼされたり、将来に危険がおよぶことが予想されると館内放送で内容を紹介、デモに参加を呼び掛ける。

館内の学生が集合すると千代田区紀尾井町の清水谷公園に行き、そこでほかの大学の学生と合流。隊列を組んで新橋に向かう。

「デモる」ことによって、その法案が人々にとっていかに不利益であるかを広く世間に知らしめようとしたのである。この時、お隣の警察学校の学生や機動隊の隊員も清水谷公園に向かう。出発時には互いに手を振りながら向かい、現場では睨み合う。不思議な光景であった。

　デモ隊が隊列を組んで行進すると、警察、あるいは機動隊はサンドイッチのように両側からデモ隊を挟む。隊列の前後に少しでも間隔が開くと、さっと機動隊が割り込みデモ隊は次第に分断されながら行進する。途中、機動隊に抵抗し、捕縛《ほばく》される学生もいたが、それは稀なこと。通常は整然と行進し、新橋に到着すると各自、解散した。捕まった学生も一晩で無罪放免となって帰ってきた。

　今日の青年はあまり政治には関心が無いらしい。成人式やハロウィンともなれば乱痴気騒ぎをして元気を出すが、普段は静かでおとなしい。時代が変わったのだ。

注　「清水谷公園」と聞くと当時は「デモや集会」を連想する人も少なくないと思われる。１９６０年から70年代にかけて、清水谷公園はデモ隊の集会の場となっていた。当時、学生のデモ隊が連日のようにここから出発し、時には機動隊と衝突を繰り返していた。清水谷公園はまさに「デモのメッカ・闘争の原点」であった。

「―プロローグ・新宿ゴールデン街―」にも書いた「清水谷公園」は、ケンにとって思い出の地であった。

会館には多様な考えが存在

東京学生会館は、文部省の外郭団体、学徒援護会が貧困学生に宿舎を提供した、日本唯一の広域学生寮であった。援護会は都内に存在する大学の学生を差別なく、広く受け入れた。当然、大学の特質もさまざまにあるように、学生の思想もまたさまざまに存在していた。つまり右よりな思想の学生もいれば、全学連にどっぷりつかっているような、左よりの思想の学生もいた。しかし、その多くはごく平凡な学生、ノンポリであった。したがって、思想の違いによる学生間での激しいやりとりや罵りあいなど、ほとんど見ることはなかった。

確かに、デモなどにおいては中心的存在ではあったが、それは新しい法案についての疑問をもったがゆえに参加したのであって、その学生が特に左翼思想をもっていたわけではない。

ある日のこと、他大学の学生数人と、なんとはなしの話をしていた。そうした中で「俺は石原莞爾（1889〜1949）を尊敬している」と一人が言う。すると「俺は北一輝（1883〜1937）」と隣の学生が言った。

「北一輝は越後の人？」とケンが聞くと、「そう佐渡の」と答えた。「あっ、それ、2・26事件の黒幕といわれた人だ」と誰かが言う。「そう、理論的指導者として逮捕され、死刑になった……」と、話が続いた。

「石原莞爾という人も凄いよな……」

「知らない！」とケンは言う。「えっ、知らないの？　彼は満州事変を起こした人だけど、植民地化されていた満州国を〝五族協和〟〝王道楽土〟の独立国に戻そうとした人物だ。東條英機などとは、また違った思想の持ち主だ」「へー、そんな人がいたんだ……」

それから話題になった二人について、いろいろなことが語られた。

ケンは情けないが、二人についてはは全く知らなかった。とはいえ、大きな興味をもったが併せて違和感も感じた。

「けど、二人とも上から目線の人じゃない？　それによって支配された人々はたまったもんじゃない……」と、自分の考えを思い切って言ってみた。

しかし、「思想家って、そういうものだ」と、彼らから一言でいなされた。

彼らは進学校を卒業して大学に入った。それだけにやはり考えが広い。ところがケンはこれまで、会社で〝言われた通りの仕事〟をしてきたので、全くそうした世界に疎かった。いうなれば、〝使われる人間〟として考える習性がいつのまにか身についていたのだ。いずれにせよ、こうした話は初めてで、その内容はともかく、新しい発見であった。

〈人間って、生きてきた道で、考えが大きく異なるのだ〉。それが何気ない会話から得たケンの大きな発見であった。

学生会館は、デモに参加し政治を批判する学生ばかりであると思ってきたが、決してそうではない。多種多様な考えが存在していたのだ。

人間世界の縮図。ケンは悟る

そうした中で、ある日、ケンは館内で意外な場面に出くわした。「カリカリの左翼」といわれ、自らもまた自認していた学生運動のリーダー、現在でいえば革新系団体のリーダーということになろうか、そうした人物と、政界のフィクサー（黒幕）、〝右翼の頭目〟と呼ばれていた、今日でいえば保守的団体の代表人物ということになろうか、その両者がひっそりと会談をしているのを目にしたのであった。

会談の中味はともかく、時代が時代だ。〈ああ、さもありなん〉という印象だけが強く残った。おそらくこれをもって学生運動は次第に沈静化していくだろう。ケンは、ふっとそんな気がした。

事実、その後、一般の学生運動は沈静化し、一部のセクトの学生のみが、そうした中、弾き出されたかのように先鋭化し、暴走化していった。

ケンはこうした流れを見ているうちに、妙な人間界の縮図を知った。「人間界はまさに〝円〟なのだ」ということを。

円の真下の底辺はケン達のようなノンポリ。円の左右の両極端、つまり1とマイナス1の最も離れた位置には保守派（右翼）だ、革新派（左翼）だとわめく人間。そして、偉くなって両方からすっと上に上がっていくと、最後は頂点に至る。そこは両方の頭目の世界。彼らは紙一重の存在。全てを飲み込んで握手をしていた。いわば、（当時の与野党でいえば）自由党と社会党が握手をするようなものだ。これで世の中、万事、丸く収まっていくのだ……きっと。そして、新しい時代を迎えるのだ。

妙な悟りにケンは「ただ、俺の世界ではないな」とつぶやいた。

注　学徒（生）援護会―東京学生会館

東京学生会館は先に述べたように紆余曲折の歴史の中で生まれ、そして消えた日本唯一の官製の学生寮である。戦後、宿舎に困った学生を援護するために生まれたもので地方から上京し首都圏の大学に通う多くの学生が利用していた。その部屋数は各大学まちまちであったが、ケンのR大学は、ほぼ5部屋、20人はいた。

徳川幕府が崩壊し明治維新となると江戸城は皇居となり、清水家・田安家の屋敷があった北の丸は、明治7（1874）年に明治天皇を護る近衛兵歩兵連隊の兵舎となり、さらに明治43（1910）年には近衛師団の司令庁舎となった。通称「竹橋陣営」呼ばれていた。兵舎の設計者は「銀座の瓦斯（がす）街」の設計で知られるアイルランド出身のトーマス・ジェームズ・ウォートルスである。

終戦直後、近衛師団の司令庁舎は「学徒援護会（後に学生援護会となる）」運営の学生寮、

「東京学生会館」となった。

しかし、「北の丸公園整備」に伴い、日本武道館が昭和38（1963）年に着工され、これに伴い、東京学生会館は翌39年、下落合の駅前に新築された「新東京学生会館」に移転し、約20年間にわたってなされた学生の援護活動の第一幕を閉じた。

第十六話
ケン、意味もなく叱られる
― 大学の研究助手に ―

思いがけない世界の展開

かくして、衣食住の一つ、「住」が決まった。ケンは、「よし！」と言って、親友と旅に出た。京都を楽しみ、1週間ほどして帰ったところ、なんと3通もの電報が東京学生会館の事務室に届いていた。

見ず知らずの大学からで、『すぐに連絡せよ』とのこと。まずは自分の大学、R大学の学生課の窓口に行って聞く。事務長はキリスト教系のJ大学から「2部の生徒でポンプの構造や設計に経験のある生徒はいないか」との問い合わせに、「君を推薦したのだ」という。「以前、勤めていた会社に問い合わせたところ、大丈夫、という返事であったから」との説明。そして、「すぐJ大学に行きなさい。君との連絡が取れずに教授はカンカンだ」と脅かされた。

ケンはその足ですぐにその大学に。四谷駅の改札口に出ると、教会の先に華麗なJ大学のキャンパスがあった。レンガづくりのどっしりした中世風の建物に、近代的な建物が連なる。そこには本を抱えた多くの学生が行き交っていた。まるで異国に突如、入り込んだ錯覚に襲われた。手前のお掘の上に立つと、目の前に迎賓館赤坂離宮など優雅な景観が展開されていた。そして眼下に目をやれば、広いテニスコートで、白いユニフォームの女子大生が練習に励んでいた。

守衛に案内されて、新しくできたという理工館に入った。一階が機械工学部。その入り口に「流体工学研究室」と表札があり、教授の名札が貼られていた。

ドキドキしながらノックし、失礼を詫びてドアを開けた。恰幅のいい先生が椅子から立ち上がり、「さあ入りたまえ」と長椅子に導かれた。先生は少し不機嫌というか、怒っているように見えた。

「あんたが、大沢君？　何回も連絡したのにどうして返事をしないんだね」「すみません京都に旅行に行っていました」

「そうか。では案内しよう」と先生は立ち上がり、ケンの気持ちなどお構いなしに、ずんずん先にたって歩いた。そして、クルップホールという建物（実験棟）の流体実験室に入った。大きな水槽がまず目に入り、その向こうには風洞がドデンと座していた。手前にはポンプが据え付けられている。階下に下りると油圧の実験室があった。最新の油圧実験スタンドが整然と並んでいた。

嬉し恥ずかし、大学の助手に

かくしてケンはその大学の助手となった。彼にとってはもっけの幸いであった。すでに失業保険は切れていた。３回ほど職安から仕事を紹介されたが、２回は彼が前の会社で組合運動をしていたという理由から危険視され、不採用となった。もう一つの会社は社長自ら面接をし、「こういう活気ある青年が欲しかったんだ」と大歓迎されたが、仕事内容がケンの思いと違っていた。仕方なく「柿の種」をもって謝罪に行ったところ、ますます好感をもたれたが、重々謝ってご破産《はさん》にしてもらった。職安の職員から大目玉をくらったことはいうまでもない。

それにしても……と、ケンは社会の仕組みの恐ろしさを今さらにして、しみじみと知った。ケンが組合運動をしていたことが、すでに会社に伝わっていたのである。とすれば、もしも大学に合格していなかったならば、今頃はきっと赤いお札、いやレッテルをべったりと背中に貼られ、働き口のないまま巷をうろついていたに違いない。一見、無関心社会のようでいて、その実、隅の隅まで知られている。情報化社会の恐ろしさを改めて実感したのであった。

新たなる出発

またもや不思議な運命の力によって、ケンは大学の助手となった。正式には補手（助手の補助）。本来ならば大学卒か大学院卒でなければ到底なれない助手（補手）に高卒でなってしまったのだ。まさに奇跡だ。給料もいいし、研究費も出る。加えて研究室まで与えられた。

かくしてケンは「死に体」から蘇ったばかりか、まるで地獄から天国に昇ったようであった。〈これ、本当か？　耳を引っ張ってみたら、やっぱり痛い！〉

新学期が始まった。第1期生はすでに2年生。ケンの流体工学研究室にも10人ほどの学生が顔を揃えた。さすが、難関を突破してきただけにキリッとしている。しかも、みんな豊かな表情をしている。裕福の家庭に育ったんだ。ケンの生きてきた道とは大違いだ。否応なく納得させられたのであった。それはともかく、思いがけない世界に足を踏み入れたもんだ！　この不思議な、いや奇跡的な運命に心から感謝し、思い切り羽ばたこう。ケンは心に誓ったのであった。

やがて授業が始まった。教授の助手として実験の手伝いや、時には指導を行った。学生から「先生」と呼ばれると、妙にくすぐったい気持ちになった。特にポンプの性能実験となると、ケンの独壇場であった。いくつものポンプの設計を手懸けてきたことからお手のもの。特に水を押し上げる渦巻きポンプやウエスコポンプなどの翅《はね》の話となると熱が入った。さらに、その設計の基本となるのは、中心を貫く「軸」であり、全ての寸法はこの軸を基準とした倍率で寸法が決められるという、「みそ（常識ではあるが）」まで語った。誰もがケンを大学2年生だとは気づかなかったと、後に学生が語ってくれた。

若気の至りで

前の会社でのこと。会社の事業部が本格的にポンプの販売に乗り出そうとした時、ケンは畑違いの部門にいたが、会議において日頃思っていたことを提案した。

「これからはホーム（家庭）ポンプは絶対ダメ。家電業界が乗り出してくる。太刀打ちできるはずがない。私たちの会社は硫酸などの特殊な液体や粉流などを送り込む特殊ポンプに特化しないと……。これからは高度成長に向かい、おそらく化学工業がどんどん盛んになっていくに違いない。したがって、どんな性格の、どんな材料が生まれるかは全く未知数。その先駆けとなるには、今のうちから薬品や粉流の特殊性についての情報を集め、それに対応する材料や切削技術、さらには翅の形状などをいち早く研究して、特殊ポンプの専門会社化するのが健全な道ではないでしょうか」

それから、社内ではさまざまな議論が展開されたが、結局は薬品に強いステンレス製を主体としたポンプを製造することとなった。

ただし、ステンレスは粘り気があるために切削が難しい上に、切り子も鋼材のようにぶつぶつとは切れない。当然、職人からは嫌がられた。

ところが今や化学会社にとっては、ステンレス製ポンプはなくてはならない重要な存在となっている。

不思議なことに、そのポンプを今、大学で教えている。なんて奇妙な運命だろう。

発電所をつくる

ある日、教授が嬉しそうな顔をして研究室に入ってきた。そして「大沢さん、凄いことになったよ」という。

「どうしました？」と聞くと、「水力発電の装置が実験室に備えられることになった。今、資金の募集委員会が開かれている」という。

「どのくらいでしょうね？」「それは君のほうが専門じゃないか」「といっても……」「直径8インチ（200ミリ）、揚程8メートル。出力5・5キロワット。これでどうかな？」「ええ！　それなら、うちの実験室にはうってつけの大きさです。でも、少なく見積もって200万円はかかると思いますが……」「ぴったり！　委員もそんな計算をしていた」「それにしても、おめでとうございます。これでうちの大学は名実ともに、国内でも誇れる研究室になりますね」

ケンの言葉にいかにも嬉しそうに頷きながら先生は研究室を出ていった。課題も多いが、やりがいのある仕事だと思った。資金はドイツとアメリカ、それに日本の3者が分担するそうだ。施工業者はH製作所と決定。とても日本の大学ではこのような早さでは動かないだろう。さすが「キリスト教系の大学」と感心。

やがて、地盤工事が始まった。ケンも暇さえあれば現場で立ち合った。設計者も終始、確認に来ていた。そして、ケンに「せっかくだから新しい方式を試してみたい」と抱負をぶつけてきた。

「それなら打ってつけの研究があります。発電した水を上の貯水池にまた戻すのです。そして、その水でまた発電するというのはどうですか？」

「といっても水を揚げるためには、また電力がいるのでは？」

「余った電力はないのかなあ」

「ああ、夜間はほとんど無駄にしているけど。でも、その電気を使うとしても、もう1台揚水用のポンプを備えなければならない。発電の翅と揚水の翅は、形状も違えば角度も異なるし」

「発電用の翅を水中で揚水用に角度を変えるのではどうですか？」

確かに、これまで聞いたこともない大胆な発想であった。日頃考えていたことを、ケンは設計技師にぶつけてみたのである。

技師は「考えたことも無い」とつぶやきながらも、しばらくすると「まてよ、できないこともないか」と言い出した。

「長い間に錆が出たりしないかな？」「値段は高いけど砲金（ガンメタル）を使い、軸受けはオイルレスメタルを使ってみたらどうです？」「なるほど……、それはそれでよしとして、肝心の翅の角度を変えるシステムはどうしたらいい？　第一、揚水するときの水車の一番いい翅の角度がどのくらいかもわかっていない。まず、その調査からしなければ……」

「素晴らしい課題が生まれたではないですか？」とケンが顔を向けると、表向き困ったような表情をしつつも、彼は新しい発見をしたかのように目を輝かせていた。

ああ、これで大丈夫だとケンは確信した。そして「研究者というのは不思議な人種だ」と思った。なんと自分で働き掛けていながら……。

ケンは夢を見ていた。直径10ｍもある何枚かの巨大な翅(水車)がゆっくりと角度を変え、やがて回転速度を上げて、下の水を上部のダムに揚げる。その勇姿を思い浮べていたのだ。いつの日だろうか。実際に発電所が稼働するのは……。

第十七話　学生運動と決別

東京学生会館、下落合に移転

やがて、学生運動も下火となり、一部のセクト学生のみが先鋭化し、成田闘争のようにヘルメットを被って戦うようになった。この時、これまで学生運動の中枢を担ってきた学生会館にも大きな波が押し寄せていた。北の丸公園に武道館建設の話が出て、旧近衛兵宿舎、現・東京学生会の立退き問題が起こったのである。館内は移転賛成派と反対派に割れ、大揺れに揺れた。そして、毎日激しいやり取り（議論）が繰り返されていた。しかし、両者の溝が埋まることはなかった。ケンは当時、R大の分会長であった。悩みに悩んだ末、寮生を伴って新しい会館に移る決意をした。彼らの居住権まで奪う権利などあるはずはない。居住は生きる権利である。結果、これまで親しく付き合ってきた同級生とも袂を分かつこととなった。険悪な雰囲気が館内を支配した。

やがて、下落合の新会館に移る日がきた。沿道には機動隊がびっしりと隙間なく並び、移転反対派の侵入を拒んだ。時折、移転道具を積んだトラックを目掛けて石が投げ込まれたが散発的であった。ケン達の引っ越し隊は機動隊の見守る中、身の回りのわずかな道具を積んだトラックに乗ってゆっくりと進んだ。観閲式のような、そんな妙な気持ちであった。

ケン、お茶に専念

かくして、移転問題は終わった。併せて、デモも下火となっていった。ケンの行動を一番心配していたのは、勤めている大学の事務室の女子職員であった。時々、彼が負傷して出勤し、仕事についていたからである。彼女達は話し合い、ケンにお茶を習わせて、心を鎮めてやろうということになった。まさに母心である。

ケンは東武東上線の東長崎駅近くの表千家のお茶の師匠のもとに連れてゆかれ、稽古に入った。茶室のお庭は静寂に満ちていた。その静寂の中に、水が密やかに落ちる音にまじって、時折「コーン（かーん）」という「ししおどし」の涼しい音色が聞こえた。これまでのケンの騒々しい世界とは全く異次元の世界であった。

相弟子には金春流の後継者や医者の卵がいた。3人の楽しみは会席の後の師匠との一杯であった。ケンはお茶がなんであるかもわからず、師匠とお茶談議を繰り広げた。

後年、金春流の後継者が長岡に来て、能舞台で目の覚めるような素晴らしい演技を披露した。彼と会うのは30年ぶりのこと。互いに抱き合って再会を祝した。

時空を超えた漂泊の歌人の系譜

その後、ケンは不思議な因縁から、あるお茶の流派の冊子に「茶席の禅語講座」を連載してほしいと依頼された。月刊誌である。ケンは禅語というのは、禅の大家（師家＝しか）が長い間に得た悟りの境地を書くもので、「私ごときが……」と辞退した。しかし、〈かつて石仏の神髄を書いたように、あなたの思いを率直に書いてほしい〉と強く懇願され、結局、引き受けることとなった。そして、いつのまにか3年間続いた。内容は禅と茶道の世界を数学や物理、生物の進化の過程などとを織り交ぜて禅の本質や、お茶が繰り広げた世界について、思うところを自由に綴ってみた。さらには禅の根本、「無」について掘り下げたり、「わび」に共通する「さび」の世界を芭蕉を中心に書いてみた。

そこで初めて見えたのが、「不易流行」、つまり月日がたっても変わらない珠玉のような「永遠の文化財」の存在（不易）。一方、時代の変化に応じて生まれた「世俗」に潜在している美や感動の存在（流行）。これが芭蕉が求めて歩いた世界であった。その系譜はすでに中国の杜甫・李白に始まっていた。その「時空を超えた漂泊の歌人の系譜」を自分なりに列ねてみた。

杜甫・季白―能因―西行―宗祇―芭蕉―良寛―井月―山頭火

井月は井上井月《いのうえせいげつ》。越後長岡藩の出身、信州伊那谷を中心に各地を旅する。芭蕉を崇敬し芭蕉の境地を追い求め、各地をさすらに歩く（放浪・漂泊）なかで俳句をつくり続けた。

山頭火は種田山頭火。山口県の出身、各地を托鉢しながら自由律の俳句を詠んだ。

2人はいずれも芭蕉に傾倒し、芭蕉を習うことによって自己の人格まで変貌させたといっていい。芭蕉は「不易流行」を求めての旅であり、旅を栖《すみか》とした「漂泊の歌人」の敬慕の象徴であったのである。

山頭火もまた一笠一杖《いちりゅういちじょう》の姿で諸国を行脚する「漂泊の歌人」ではあったが、芭蕉とは性格を異にした旅の歌人であった。それは元来、彼が一所《ひとところ》に留まっていられない性格から、自然と旅の歌人とならざるを得なかったからで、芭蕉のように当初から旅を栖に、という強い決意で旅立ったものとは大きく異なっていたのである。

しかし、それはそれなりに放浪の旅の中で葛藤し、自然を相手の珠玉の作品を生み出す要因となったのではなかったか。

留まれば澱《よど》む。それを澄ますには流れるほかない。旅するしかない。その旅で吐く句こそ秀句である。ケンは後年、そんなことが書かれた本を読んだような気がしたが、さだかではない。

まさに山頭火は「時空を超えた漂泊の歌人の系譜」に連なる最後の貴重な歌人であった。

芭蕉も井月もそして山頭火も利休に通じた「侘《わび》と寂《さび》」の独りの世界に生きた人々であった。

ふと、「時空を超えた漂泊の歌人の系譜」などを、茶の師匠と4人で議論を繰り広げた、あの懐かしい思い出が心をよぎった。

第十八話　会社勤めの日々　―厳しい会社人生―

遠い夢のような、あの日々

大学に入る、学生会館に住む、大学に勤める。そしてお茶を習う……こんな人生は誰が考えてもおかしい。ありえない。ケンは寝床の中で、くすっと笑った。いまの自分が置かれている状況が不思議で不思議でならないのだ。

――考えてみればいろいろあった――

中学時代についてはまた、いずれの時にか話せるだろう。

ケンは中学校を卒業と同時に集団就職で上京。川崎の機械工場に就職。1年後に工業高校の定時制に入学。ところが3年生の時、事態は思わぬ方向へとケンを誘った。あの日、起こったことが……、ケンの人生を大きく変えたのだ。

同僚の危機

ケンの仕事は組み立て工場の部品を調達する、管理課外注係である。

工場でできた部品をメッキ工場や塗装工場に発注したり、小ロットの組み立てを下請け工場に発注、できあがった部品を組み立て工場に送りこむ、いわば組み立て工場の部品準備係といっていい。したがって、たった一つの部品が欠けても組み立て工場のラインはストップし、何十人かの組み立て作業員の仕事がお手上げとなる。ある日、彼は外注関係で日頃懇意にしている岡田さんから、「折り入って」と相談をもちかけられた。岡田さんはこれまで見たこともないような、歪んだ、いや引きつった顔をしていた。さっそく親会社の小さな一室に彼を誘い、話を聞いた。彼は声を絞りだすようにしてその悩みを語った。

なんと、「コイルバネ、1000個を紛失してしまった」というのだ。「1000個も?」と、思わずケンは聞き返した。しかも、2日後の午前中には組み立て工場に届けなければならないとのこと。

実は数日前から、あの手、この手とさまざまな手段を講じて、なんとか間に合わせようとしたが、ここに至って万事休す。打つ手なしになってしまったという。もうあとは素直に事実を話し、組み立て工場を止めた責任をとって、辞表を出すという。彼の切羽詰まった思いと悩み抜いた上での覚悟を聞いて、改めて恐れ慄《おのの》いた。ケンにとっては「明日は我が身」であったからである。

1000個のコイルバネの紛失、そして同僚の危機！　いずれにしても、それを黙って見過ごすわけにはいかない……。これをやれる会社は山川製作所をおいてほかにはない。

彼はさっそく、その足で大森の山川製作所に赴いた。同製作所は叩き上げの職人、山川氏に無理に工場の設立を促し、ようやく起業したばかりの新会社であった。

ケンは工場に着くなり、いきなり社長室に入り、「山川社長！　大変なことが起きてしまいました。助けて！」と前置きをし、岡田さんの苦況をこと細かに話した。そして「あなたでなければ解決できません！」と頭を下げた。

山川社長は「コイルバネ」の図面を広げ、じーっと食い入るように見つめていたが、ハッと顔を上げると、「大沢さん、実はこのたび凄い子が入ったんですて。手先が器用で、しかも忍耐力も抜群。この仕事には持ってこいの新入社員です。青森出身の……」と言った。

ケンにはもう、その先の話は耳に入らなかった。ただ、〈助かった！〉という安堵感でいっぱいであった。

〈岡田さんも、そして私も、なんて運がいいのだろう……〉

もしも岡田さんからこの話を聞いた時に、他人ごとのように「難しい……無理だな」などと言ってしまえば、もう彼とは永遠に会えなくなるだろう。救われるような思いであった。

山川製作所の新入社員、青森出身のお弟子さんは丸顔で浅黒く、なにか底力のある芯の強さを感じさせた。ケンと同様、集団就職で、中学を卒業と同時に山川製作所に入社したという。ケンより2歳年下である。

彼は社長の話を黙って聞いていたが、やがて三和土《たたき》の上に作業台を持ち出し、バネ製作専用の工具を作業台に取り付けた。そして、針金の束をもうひとつ別の作業台に置いて、バネ専用工具の穴に針金を差し込むや、黙々と作業を開始した。決まった回数を右の把手で回転させて、鋏で切る。ただそれだけの作業ではあるが、バネ鋼は硬い。それをいとも簡単に、わずかな時間で次々と仕上げていく。ケンはその手作業を見て、胸のすくような思いがした。そして、もう大丈夫と確信し、メッキ工場に電話を入れて、バネ用の亜鉛メッキの段取りを手配した。

次の日、ケンは朝一番に山川製作所に行った。

青森出身の彼は、まだ昨日の姿勢で黙々と作業を続けていた。そのそばで山川社長が腕を組んで見守っていた。

「この子は昨日、一睡もしないで頑張りました……」

「もうなにも言うことはありません。ただ感謝、感謝です」と、ケンは社長に静かに頭を下げた。

かくして、岡田さんの運命を変えようとした幻のバネ、１０００個が午前10時に見事にできあがったのである。

ケンはそのバネを直ちにメッキ工場に持ち込んだ。メッキ職人は待ってましたばかりにそのバネを受け取るや、油落しを行った後、網籠に入れてメッキ槽に浸け込んだ。

ここまでくればもう安心。ケンは椅子にどっかと腰掛けた。岡田さんも息急《いきせ》き切ってメッキ工場に駆けつけた。そしてメッキ槽に手をついて、中に浸けられたバネを涙を浮かべながらじーっと眺めていた。

ケンは岡田さんに「なんとかなりましたね。明日もまた会えますね」と言うと、彼は涙を手で拭いながら、両手でケンの手を強く強く握り締め「ありがとう、ありがとう」と幾度も感謝の言葉を述べた。やったね！　ケン。

その帰りにケンは山川製作所に立ち寄った。社長は煙草をふかしながら、放心したように窓の外を眺めていた。ケンの顔を見ると静かに煙草を差し出し、「あの子は今し方、床につきました。実は今、彼の将来を考えていたところです」

「社長、彼はきっと将来、この工場を背負う立派な人物になります。先ず以て定時制にやってください」と、心から感謝の気持ち述べ、加えて彼の将来を夢見て懇願した。

「そうですね。学校を考えなくては。いや、よくわかりました。あの子は……きっと私のいい後継ぎになりますて。いやきっとなります……」

ケンは改めて、黙々と手際よくバネを作っていた彼の作業姿を思い出していた。

彼も中学を卒業するや、見ず知らずの都会に出て、黙々と働いている。まさに自分を目の前で見ているような気がした。君も今、私のように先の見えない世界にいる。これからどうなるのだろう。君の未来は？　そして、私の未来は？

なんだかわからないのに、やたらに涙が出た。

第十九話　大失態。人生の岐路

ケン、危機に陥る

その不幸は突然に訪れた。４点もの部品を一挙になくしてしまったのだ。頭の中が真っ白になった。帳面には残高がしっかりと記帳されている。よもや紛失しているなど夢にも思わなかった。幾度も幾度も帳面を確認し、部品ができあがった過程をなぞってみた。少しも欠落は無い。こうなると「迂闊さ」のみが自分を襲う。

確かに仕事と学校で忙しい。ときどき無性に眠くなる。物忘れも多い。とはいえ、突如、大事な部品を紛失するとは……夢にも思ってみなかった。

〈まてよ、まてよケン！〉と、心を落ち着かせ、今一度よく考えてみた。しかし、やっぱりどうしてもわからない。幾度も倉庫と事務所、そして現場を確認して歩いた。一体ケンはなにをしているのだろう？　きっと工場の従業員は不審に思ったに違いない。

紛失した部品は複雑な形状をしていて、工程も多い。まともに作っても、外装を含めて、ゆうに1週間は間違いなくかかる。

〈どうする、どうすればいいんだ！〉。彼は幾度も自分に問い掛けた。

自慢の下請け工場でさえ、これからではまず不可能であろう。第一、材料を調達できる手立ても無い。工場の製造管理者に幾度か問い合わせてみたが、管理者は帳面や工程表を広げて、すでに数週間前にできあがり、ケンに渡したと答えた。それは確かにケンもよく覚えている。そして、それをメッキに出した。できあがった部品を管理倉庫に入れた。でも事実、無いのだ！

ケンは以前、コイルバネを無くして工場を辞める決心をした岡田さんを思い出していた。あの岡田さんの切羽詰まった思いが、今、しみじみと身に染みてわかった。

「岡田さん。私は今、紛れもなくあなたが襲われたような窮地に立っています……」

やがては、あの長い組み立て工場のラインが、わずか4点の部品の不足によってストップするだろう。きっとラインについている組み立ての作業員は唖然として、「俺たちの生活はどうなるのだ！」と、激しく抗議をするに違いない。そんな地獄絵がケンの脳裏を駆け巡った。頭の芯が熱くなった。

ストレスなどで円形脱毛症になった人を見ると気の毒に思っていたが、まさに現在のケンはそうなる一歩手前である。まさか……夢にも思わなかった。

ケンは今や「世界中で一番不幸な人間」となった。

これまで、営々となんとか頑張ってきたが、これを以て全てが終わりだと思った。そして、もう生きる道もないと。

ケンの会社の組み立て製品はそのまま親会社につながっている。下手をすれば工場全体が一時、閉鎖状況にもなりかねない……。そんな悪い考えばかりが頭の中をぐるぐると巡る。会社の部品工場、組み立て工場、下請け、親会社、全てがケンに背を向けている。会社にいても学校に行っても、思いは部品紛失のことばかり。授業をまともに受けられるはずはない。まして、未来など語れるはずもない。

落ち着かないまま、時間だけがどんどん過ぎていった……。

本社の吉野部長に謝罪、処断を仰ぐ

「もう死にたい…」。ケンは、それぱっかりを考える毎日であった。

ともかく事実だけは早く親会社の組立工場の責任者である吉野部長に報告しなければならない。どんな処分をされようと仕方のないことだ。

煮ても焼いてもよし。自分の人生、全てを吉野部長に預けよう……。

ケンは罪人のような気持ちで部長室の扉を叩いた。

「どうぞ」と吉野部長のいつもと変わらないやさしい声がした。

そっと扉を開くと「ああ、大沢君か。どうした？」と問いかけてくれた。

ケンは声が出なかった。やっと、絞りだすように「急な話があって…、お詫びにまいりました。実は私、大失敗をしてしまいました……」。そこからは、舌がもつれて、意味不明なことを言っていた。

「まあ座りたまえ」。部長はケンに椅子に座るように促すと、自分も机から立って応接椅子に近づいた。ケンはなにから言っていいかわからず、最後はただ頭をうなだれるばかりであった。

「大沢君。いつもの君らしくないぞ」。やさしく吉野部長に促されても緊張して声が出ない。そして、やっと「私、大変なことをしてしまいました。現在、組み立て進行中の製品の部品、181番、205番、400番、503番の4点を紛失してしまいました。部品倉庫から、考えられるいろいろな場所を隈なく探したのですが、どうしても見つからないのです。もう観念して部長にお詫びにまいりました」

「そうか、それは大変なことだ。で、どうなる？　組み立て作業は……」

「おそらく紛失した部品4点をこれから作るとしても、1週間はゆうにかかると思います。その間の1週間は組み立て作業が完全にストップすると思われます。すみません。全ては私の責任です……」

ケンはじっとうな垂れ、顔を上げることさえもできなかった。

部長は煙草を口にくわえ、じーっとケンを見つめていた。

ケンは続けて「もうここまでくれば、会社を辞めてお詫びを……。いや辞めたからって、お詫びにはならないし、責任をとったことにはならないのですが。やっぱりなんらかの処罰を頂くべきです。でも私にはもう、どうしていいかわかりません。部長、私を煮ても焼いても結構です。私の身柄全部、部長にお預けいたします」

部長はゆっくりと煙草を口から離すと、「大沢君の身柄は、もともと君の会社の社長から預かったのだから、私がどうのこうの、できるはずがない」と、やさしく笑いながら言った。そして、「そうか、それにしても大変だったね。さぞ疲れただろう」と言ってから「実は以前から大沢君の挙動が不審だということで、担当の柏君が心配していた。部品番号については知らないが、柏君はすでに調べあげ、本社工場で作っているといっていた。そこで『大沢君には聞かせないように』と僕からも言ってある。君がいつ、音《ね》を上げるかを見ていたわけだ。悪い部長だね、私は。それにしても、ようやく音を上げたようだな……」

彼は口から煙草をはずしながら物静かに語った。そして、

「君の心配している組み立てラインは大丈夫だよ」と、にこっと笑って言い、膝を組み直した。部長の目が〈安心しな！〉と語っていた。

さすがは本社工場！

ケンはただただ、頭が下がった。

その一方で、これまでの緊張感がみるみるほぐれていくのを感じた。そして、悩んで悩んで、苦しみ抜いてきた全てが吹っ飛び、消え去っていくような気がした。

小躍りをして、踊り出したい！　突っ走ってみたい！　そんな嬉しさでいっぱいになった。

大学になにがある？　運命は思いがけない方向に発展

少し間を置いて部長は静かに言った。

「聞くところによると、君は今、定時制高校に通っているんだってね。今、何年生？」

「3年生です」「定時制は通常4年で卒業だよね。すると、残りもう1年か……。前々から思っていたんだが、どうだ君、大学に行く気は無いかね。なんとなく君と接してそう思っていた。僕になにができるわけではないが」「大学に、なにがあるのですか？」「なにがねえ……なにがあるかか？　そりゃわからん。なにを求めて行くかによって違うからね。ただ、なんとなく君は大学に向いているんじゃないかな、と思ってね。柏君もそう言っていたよ」

そして部長は父親のように、また教師が生徒を諭すようにして、「大学に行けばね、また新しい出会いがきっとある。高校にはなかった出会いがね」と言った。

「新しい出会い……？」と不思議そうにケンは言う。

「そう新しい今までに無い出会いがね。それはきっと、これまで思ったこともない人生を開いてくれるかもしれないぞ……」

もしも、そのような新しい出会いが本当にあるならば、自分にとって、なににも代えがたい、お金では買えない神様からの素晴らしいプレゼントではないか……。それにしても、あまりにも次から次へと起こる大きな変化にケンの頭はおかしくなっていた。

さっきまで死にそうな自分が、その死の底からようやく這い上がったばっかりなのに、今度はさらに大学だ、出会いだという。この間、やっと高校に行くことができた、そんな自分に……。

〈うーん、なんだか夢の世界にいるようでよくわからない！〉

目の前にいる吉野部長が急に神様のように神々しく見えた。

吉野部長の話によって、またもやこれまでとは違った世界が展開されようとしている。思ってもみなかった未来が目の前に到来したとケンは思った。

そうだ一瞬先であっても未来はまったく未知だ。これだけは貧富の差も無い。身分の差もなく全てが平等だ。しかも、その未来には「出会い」という素晴らしい宝物が存在するという。

よし、それを掴みにいこう！

じーっと、やさしそうにケンを見つめている吉野部長によって、ケンはようやく現実に返った。もっとも、本当に目覚めたのは吉野部長に心からお礼を言ってその場を辞し、車に乗ってからであった。

第二十話　入るは厳し、学習もまた難し　― 大学生活 ―

受験前夜。会社を退職

親会社の吉野部長に進学を勧められたが、そこからが問題であった。

姉が一度、連れていってくれた大学のキャンパスはケンの会社生活とは180度異なった、まるで夢のような世界であった。しかも自分にはとうてい縁の無い、遠い世界であった。ところが、それが現実のものになりそうだ……。こころは震えた。しかし、実際は、はるか向こう。

まず受験勉強はどうするのだ！　今のままではとうてい不可能であることは、わかりきっている。第一環境が違いすぎる。

受験生といえばほとんどが全日制に通い、しかも、学校の勉強のほかに予備校に通って、徹底的に鍛え、準備万端、整えて挑んでいるのだ。しかも、家族の期待も大きい。

それに比べて、自分はどうだ？　受験勉強どころか、現実の勉強さえままならないではないか。しかも授業時間数もやっと足りている悲惨な情況である。まして家族の期待はゼロ。あまりの違いの大きさに驚く。考えてみればみるほど、夢物語であった。

しかし、吉野部長があのように大学進学を勧め、期待をしたのだ。夢だけでも抱いてみてもいいのではないか。部長は決して思いつきで言ったはずはない。なにかそれなりに、思うところがあって助言してくれたに違いない。その期待を裏切ってはいけない。とにかくも「夢物語」であるとはいえ、受験に向かってみよう。

3月、会社に退職願いを出した。しかし、なかなか辞めさせてもらうことができなかった。重役に呼び出されて、退職を思い止まるよう幾度も説得された。中には定時制高校卒では大学受験は無理だ。人生を無駄にするな！　といった、ありがたいお説教まであった。確かにケンは入社以来、会社から多くの恩恵を受けてきた。各現場を回って、旋盤をはじめフライス・設計・きさげなど、多くのことを学ぶことができた。そして、定時制高校にも通わせてもらった。返しきれないほど多くの恩を受けてきたのである。それを考えると退職は恩を仇で返すようで、申し訳なさでいっぱいであった。しかし、ケンの人生はただ1回。かけがえのない人生である。他人に言われての人生はどうしても悔いが残る。言い訳や責任を他人に押しつけるような生き方だけはしたくない。義理をとるか、未来をとるか……ケンは悩んだ。

しかし、一度、心が決まった以上、そう簡単に変えることはできなかった。義理を欠くことは痛いほど身に染みている。とにかく、深くお詫びをして明日に向かおう。決心した以上、石に噛《かじ》り付いてでも、先に進むしかない。

ところが、退職は日に日に延ばされていった。すでに8月を過ぎていた。もう受験勉強の時間が無い！　最後の手段としてケンは社長に直接、手紙を書いて訴えた。「自分の人生は、自分で決めたい。他人に責任を押しつけるような生き方はしたくない」と。

数日して社長室に呼ばれた。なにを言われるか、覚悟をして社長の前に立った。「ま、座れ！」と言われ、神妙に社長の前に座った。社長はケンの手紙を今一度、目の前で丁寧に読んだ後、ケンを見た。そして、言われたのは、

「ほほうー、そうか。ま、よくやったな。先行き頑張ってみるか」という思いがけないひとことであった。

実にあっさりとした社長の言葉にケンはびっくり。そして、改めて社長の度量の大きさに深く感謝したのであった。これまでいろいろ、心温まる気遣いをしてもらった。その恩は山ほど高い。学んだことも人生最大であろう。それらを全て飲み込んで、社長は退職を許してくれた。俺もこのような大きな人間になりたい！　かくして入社して約5年、ようやく9月に退職ができた。ケンは大いなる恩恵を受けた会社を静かに去った。

注　後日談：それから33年の後、平成9（1997）年、突然、社長から「会社の50周年の記念誌を刊行するので、編集をしてほしい」との依頼を受けた。社長は私を忘れてはいなかった。いや、忘れていないどころか、こんな大事な仕事を依頼してきたのだ。嬉し涙がとめどなく

流れた。そして急いで会社に向かった。

社長はすっかり年老いていたが、ケンを見るなり手を握って、これまで会社にあったいろいろなことを、堰を切ったように止めどなく語った。

そして、会社の編集委員と一緒に編集、無事に刊行することができた。

会社の創立50周年の記念式典が盛大に挙行された。併せて『50周年記念誌』が配布された。「ああ、ようやくご恩のある社長に御礼ができた」という思いでいっぱいであった。

社長はその翌年、静かに世を去った。

受験勉強に挑む

結局、ケンが退職できたのは9月も末、受験まであと数か月に迫っていた。

もう、受験勉強の時間なんてほとんど無い。アパートに篭もり、教科書を開いてみても、いまさらであった。学校と床屋に行く以外、一歩も外に出ないで受験勉強に集中した。しかし、微分・積分だけではない、ちょっとした簡単な問題でさえも解けない。出るのは「駄目だ……」というため息だけであった。

学校に行くと先生方が「理学部が駄目なら、どこそこの文学部がいい」と言う。先生、それは無責任というものだ。

ところが、ある日、「代替科目」で受けることのできる大学がある、という情報を掴んだ。半信半疑で確認したらどうも正しいらしい。ならばチャンス！

［1］「機械工作」「機械設計」に挑む

「機械工作」「機械設計」といった科目で受験すればなんとかなりそうだ。というより、むしろ定時制のほうが有利だ。

というのも、工業高校の定時制の場合、たとえば機械工作では昨夜学校で学んだことを次の日、現場に行って親方に聞くことができたからである。ケンにとって理論と実地を同時に、しかも具体的に学べる場が存在していたのだ。最高の環境ではないか。

現場に「学校でさ、こんなことを習ったがー」、と帳面と教科書をもっていくと、いつもは怖いはずの親方が意外にも、まるで先生のように笑顔で事細かに教えてくれるのである。内容によっては実際に機械を動かし、「ほれ、お前やってみろ」と直接、加工をさせてくれたりもした。

たとえば、刃物の刃先の角度が118度と教科書にあるので「なんで？」と聞いても、親方は理屈を言わない。ただ、「やってみろ」であった。事実、加工をしてみると、確かに切れ味がいい。「あっ、切れ味が違う！」と感嘆すると、親方は「ほら、納得だろ」と言う。「うん」とケンが頷くと、親方はいかにも満足そうな顔をする。そして親方は理論と理論通りにいかないことの両方をいろいろ教えてくれた。さすが現場。教科書で学ぶよりどれほど身についたか。ならばチャンスだ！

やっと一筋の光明が射し込んだ。そして彼の心は踊った。

とにかくも、機械工作に関しては受験勉強をしなくても教科書以上のことが身についた。なにせ現場仕込みだから……。

機械設計の場合でも同様。昨日の授業のノートなどをもっていくと、高校ではどのようなことを学んでいるか興味深いらしく、「どれどれ」と設計室のみんなが集まり、ケンそっちのけで教科書の内容を語りあうのだ。

ケンが、「俺が知りたいのだ！」と叫ぶと、「あっ、そうだった」と言って、それから代表者（?）が具体的に教えてくれた。どうも設計者にとっては常識的な内容らしい。結局、ケンにもそれは常識となった。よって、これも高校以上の知識を学ぶことができ、定期試験でも試験勉強はほとんどしなくて済んだ。まさにラッキーであった。

定時制こそ、理論と実地のできる最高の勉強の場であったことを今さらながら実感した。まさに定時制万歳！　であった。なぜ、その定時制がなくなっていったのだろう。こうして、ケンの受験に思いがけない一筋の光が差し込んだのであった。

ケンはようやく、「死に体」から蘇った。とすれば、あとは数学だ！

[2] 一問に集中して食らいつけ！　ほかの問題は見るな、手も付けるな！

とはいえ、やっぱり自信は湧いてこない。休日、近くの先生がアパートに来て、窓辺に腰掛けて言った。

「あのな、お前。数学だろ問題は」「はい」

「問題を全部やろうなんて思うな。どうせできっこないのだから」。〈厳しい！〉「だからな、んん、これは！　という問題を見つけたら、それに最後まで食らいつけ！　あとの問題は見るな、やろうとも思うな。いいか、3問あったら1問、5問あったら2問。それを真剣に解け！」

凄いことを言う先生だ。しかし、本当かもしれない。確かに一つくらいならば、やれる問題があるに違いない。それに食らいつこう！

ケンはようやく安心して、その日はぐっすりと眠った。

そして、受験での数学は、その通りたった一つの問題に最後まで集中して挑んだ。ほかは？　どのような問題だったか、今も知らない。

そんなまさか！

数日後、ケンが登校すると「すぐ教務室に来い」とのお達し。なにごとかと恐る恐る教務室に入ると進路担当の先生が「おい、ケン！　合格だ」と言う。

そして、教務室の先生方に向かって「皆さん、わが工業高校定時制始まって以来、初めて現役で大学に入りました！」と告げると、先生方から「おお！」という声があがり、拍手が起こった。そして「おめでとう」の言葉が次々と飛んできた。合格の通知が高校のほうに先に来ていたのだ。

担任の先生に報告にいくと、先生の言葉は「大丈夫か。ついていけるか?」であって、「おめでとう」ではなかった。厳しい!……でもわかる、その意味。

救世主、現れる!

入学するや、まず前期の試験で見事に担任の「ついていけるのか?」という心配が現実となった。全くわからないのだ。「わからない!」とケンが叫ぶと、隣の友人が「大沢君、これ常識だよ!」と言う。ああ、ますます窮地に立たされていく。

結果、前期のテストは全教科、0点に近い成績であった。なにも書けなかったのだ。この大学は容赦なく「落とす」ことで有名であった。関門8科目。その関門の一つでも落とせば留年! 留年はまさに目の前だ……。

前期の試験が終わった時に、隣で静かにささやく男がいた。工藤君だ。「大沢君、お願いがあるんだけど……、聞いてくれる?」。なんだろうと怪訝な顔を向けると「実は僕、今、東大を目指しているんだ。でも、また落ちるかもしれない。そこで、この大学の授業をノートにとって届けてもらいたいんだ」と言うではないか。

つまり、彼は家にいて東大の受験勉強をする。とはいえ、この大学の合格も無駄にしたくない。よってこの大学の授業には出られない。そこで、「授業のノートをとって、家にもってきてくれ」という依頼であった。

ずいぶん虫のいい話だが、考えてみれば自分にとっても、これほどいいアルバイトは無い、と思って快く承諾した。

ケンが入学したのは夜間部だから、昼は全く暇。生活費として失業保険を職業安定所に貰いに行き、仕事の斡旋をしてもらう以外は用はないのだ。

ケンはそれから工藤君のために一日の全部を費やした。まずは、大学で板書された内容をもう一度整理して自分のノートにまとめる。次に工藤君のために買った幅広のノートに清書。その横には注釈まで入れて、わかりやすくまとめる。毎日、朝起きてから学校に行くまで、ほとんど外に出ることなくこれに専念した。こうした日々は受験の時以来だ。

毎日、同じ繰り返しをしているうちに、本当の勉強とはなにか、「理解する」ということは、どういうことかが見えてきた。さらに後半になると余裕もでき、まるで教授のような気持ちになって説明を書いた。中には教授がまちがって板書したものを見つけると、「困ったものだ……年のせいかね？」などと、駄洒落までつけて注釈するようになっていた。

「工藤君ノート」を定期的に上野毛の工藤君のお屋敷に持っていくと、工藤君のお母さんはいつも大歓待してくれた。授業の板書をノートにとって、それを整理しただけなのに、多額のアルバイト料を弾んでくれるのである。工藤君も「受験勉強よりも、一段上の大学の勉強をすると、根本がわかっていい」という。

考えてみれば彼は大学の1年生といえど、気持ちはまだ受験生なのだ。一方、ケンはれっきとした大学生ではないか。一段、上の世界に立っているような、そんな気分がした。なんともいえない不思議な快感であった。当然、東大に向かう工藤君のほうが頭ははるかに上の上に違いない。しかし、次第にケンのほうが上級生のように語り、教えていることに気づいたのである。

かくして後期の試験が始まった。不思議なように試験の内容がよくわかった。ほとんど満点に近かったのではなかったか。特に式の証明はお得意となっていた。前期0点、後期満点。平均してようやく合格となったようだ。そして進級した。この時にはじめて、〈ああ、俺は大学生なんだ!〉という実感が湧いた。

工藤君のお陰だ。工藤君を言い訳に勉強をして、そしてお金まで貰って。自分の試験にも合格。一挙両得、いや、一石三鳥ってところか……こんなことってあるんだな。「この子ばっかしゃ」……

そして、少したってから凄いお礼が工藤君から届いた。工藤君は見事に東大に合格したのだ。おめでとう!

第二十一話　ナンデンガー……機械工場でのベルト掛けに驚く
―「メビウスの帯」がもたらしたケンの現場回り ―

メビウスの帯との出会い

ナンデンガーとは「なんで？　なんだろう」という越後の方言である。

中学校を卒業するとケンは集団就職で、川崎の機械工場に就職した。

工場での最初の仕事はベルト駆動の旧式の旋盤加工であった。天井で回転しているプーリーからベルトによって動力を旋盤に伝える、ベルト伝動（ベルトドライブ）である。ベルトの摩擦によって動力を伝えていたのである。しばらくすると歯車駆動に替わったが、その直前のことである。

ケンは上から下りて軸受けに掛けられているベルトがねじれているのに気づいた。「あ、ベルトがねじれている」と言うと、親方は「当たり前だ」、とぶっきらぼうに答えた。「なぜ？」ときくと、〈スリップしにくいからだ〉、とのこと。

その時はなに気なく思っていたが、やはり気になって昼休みに工場に戻ってベルトをしげしげと眺めていた。そして、ベルトに今、流行《はやり》のマジックインキで○印をつけてゆっくりと回してみた。ベルトは一旦上まで登り、やがて戻って来た。ところが○印がなんと裏側になっていた。中学校出たてのケンには不思議でならない。幾度も幾度も回しては確かめていた。

「コラ！　何をしてる！」、突然、雷が落ちた。親方があわてて飛び込んできたのである。これから工場の電源にスイッチを入れようとしていた矢先に、ケンがベルトに触っている姿を発見してあわてて止めたのである。

大目玉を喰らった。入社早々の大失態であった。さっそく社長室に連れていかれて、親方から社長に深々と頭を下げさせられた。そして、親方がくどくどと社長に説明をしていた。当時、工場で事故が起ったら労働基準監督署の監察官が来て、大目玉を喰らうばかりか、操業停止となるからである。よって、事故は絶対に起こしてはならなかったのである。

一通り説教が終わって親方が工場に戻っていくと、社長は「謙治君、少し話をしよう」と椅子に座らせた。そして「ベルトが〝捻れている〟のがそんなに面白いのかね」と静かに聞いた。

「面白いというか、不思議でなりませんでした」と素直に答えた。

「ふーん、そのベルト掛けを面白いと言ったのは君が初めてだ」と言い、感慨深そうに、じっとケンを見つめた。そして「そうかー」と、一人ごとのように上を見てつぶやいた。

ケンには、なにがなんだか全くわからなかった。さっきは雷を落とされ、入社以来、入ったことのない社長室に連れてこられて散々油を絞られたのに、今度は打って変わって、社長からやさしい言葉を掛けられた。

なにがなんだか……頭の中で蚊が、ぶんぶん飛んでいた。

メビウスの帯とはなに？

やがて社長が突如、「君！　メビウスの帯って、知っているかね？」と聞いた。はじめて聞く言葉だ。「知りません」とケンは答えた。社長はまた「ふーん」と上を見あげた。そして、「なにがわかったかね」とまた聞いてきた。「表がいつの間にか裏になって……だから両方の面が使えて便利かな……」と恐る恐る思っていることを答えた。

社長はすかさず「君は偉いところに気づいたな」と、ニコッとした。そして、「ということは、普通に掛けるベルトの2倍、長持ちするということなんだ。しかも摩擦も大きく、スリップが少ない」と言う。でも萎縮しているケンは頭がよく働かないので、ただ「はい」と答えるしかなかった。ケンにとって「メビウスの帯」など、まるで宇宙から舞い降りてきたような、新鮮な言葉であった。

〈あっ、俺、都会に出てきたんだ！〉という実感がはじめて込み上げた。〈やっぱり、都会は田舎と違う！　いままで聞いたことの無い言葉や機械の名前が満載している！〉

しばらく社長は巻き煙草を口にくわえて上を見て考えごとをしていたが、ふっとケンを見て「君は妙な所に気付くね」と言って、ケンを感慨深そうに眺めた。

そして、「よし、今日はこれで終わり。腐らないで一生懸命にがんばれよ」と、励まされてケンは工場に戻った。

今でも社長室での場面が生々しくケンの記憶に残っている、思い出深い一幕である。

ところでメビウスの帯（環）とはなにか？　さっそく寮に帰って辞典を引いてみた。1865年にドイツの数学者、アウグスト・フェルディナント・メビウスによって発見され、理論づけられたという。

えっ！　ただテープの端をひと捻りして、くっつけた（貼り付けた）だけなのに、それが、そんなに大変な発見なのか？　それもまた驚きだった。そんなこと誰だって一度はやってみているはずなのに……。

「メビウスの帯」は、ケンが興味をもった旋盤の段ベルトのほかに、テープレコーダーのエンドレステープなど、さまざまなところで応用されて使われているということがわかった。わずか「ひとひねり」の効用がこんなに大きいとは……。

メビウスの帯との再会

それから60年も後のこと。ケンは偶然の機会からメビウスの帯と再び出会うことになる。

しかも、東洋文明と西洋文明を橋渡しする格好の図形としての出現であった。

西洋においては「相対的」に物事を認識することが基本となっている。ところが東洋、特に禅では「連続的」認識を基本としてきた。たとえば善悪の判断や男女については、西洋ではコインの裏表のように考えられてきたが、東洋、特に禅文化では、全ての根源は同一（万法帰一《まんぽうきいつ》）と考え、一見、異なって見えるものも、実は連続した存在であるとしてきた。いわば、西洋思想と東洋思想は物の認識において真っ向うから対立していたのである。

その東洋思想をたどっていくと、江戸時代中頃に臨済宗の中興の祖といわれている白隠《はくいん》禅師が、この「連続の思想」をメビウスの帯を用いて説明しようと試みていたことが判明した。『白隠禅師の不思議な世界』（芳澤勝弘、ウェッジ選書、２００８）によるもので、芳澤氏はその著書の中で「白隠禅師にはまたこんな不思議な絵（禅画）もあります。布袋さんが長い紙を広げている絵で、そこに書いてある賛は『在青州作一領布杉重七斤』というものですが、不思議なことに『布杉重七斤』の部分の字が上下逆さまに、しかも裏返しに書かれています……」と記している。

つまり、白隠禅師は意図的にメビウスの帯をつくって、この禅語の説明をしようとしたのではないかと思われる。

ここで、その禅語を説明するのは難しいので、白隠禅師の意図のみを具体的に説明してみよう。

たとえば「男性と女性」―両者はこれまでコインの裏表のような存在であるとばかり思われてきたが、両者はメビウスの帯上における同一平面上の存在で、男性の帯をたどっていくと、裏側に存在すると思われていた女性が表面に現れる。つまり、両者は一見、異なった存在のように思われているが、実際は同一平面上に存在し、単に位置の相違であることがわかる。つまり、表裏一体なのである。

かつて「シスターボーイ」という言葉が流行した。当時は異様に思われていたが、それも今や過去のお話。今日では誰も不思議に思うものはいない。すでに男性・女性という性差についてとやかくいう時代は終わったのである。つまり、女性と男性は境目《さかいめ》の無い存在となったのである。

おそらく善悪などについても、実はメビウスの帯上における位置の相違で、本質的には同一面上の存在であるといえる。

一見、異なった存在のように思われているものが、実際はこのように、単に位置の相違であることをメビウスの帯は実に鮮やかに示しているのである。いわば表裏一体を示唆しているのだ。メビウスの帯は凄い！

かくしてメビウスの帯によって様々な事象が東洋（禅）の思想「連続のものの考えかた」をものの見事に表現していたのである。まさに画期的な図形（テープ）であったと改めて認識したのである。

とすれば、おそらくこれからは、このように裏表《うらおもて》と考えられてきたことが、実は同類であったという連続の認識に変わっていくものが多く現れるものと推測される。そして、社会科学や福祉の世界において、「平等社会」を具体的に標榜する有効な手立てとして、大いに活躍するのではないかと期待するところである。

この帯の発想者、白隠禅師は、江戸時代中期、宝暦3（1753）年頃の人で、メビウスの帯の発見者、メビウスよりも100年前の人である。いうなれば、メビウスに先駆けること、なんと100年前に、すでにその存在に気づいていたということになる。

そして円相に勝る「禅の悟り」の最高の理論として君臨したのである。

ケンはふっと、入社直後、旋盤の親方から雷を落とされた後、社長室からメビウスの帯について教えられたことを思い出し、しばし、感慨に耽ったのであった。

第二十二話　さまざまな仕事を経験

設計のおもしろさを味わう

ケンは会社に入ると、まず旋盤の仕事についたが、やがてミーリング（フライス）加工に回された。ところが、それも束の間。一通り覚えた頃に、今度は歯切りや仕上げ（ボール盤）などの現場に次々と回された後、設計室に配属となり、設計のノウハウを仕込まれた。

さすが設計室は現場と異なり、静かな部屋でそれぞれの設計者が部品と睨めっこ。図面を書いたり試作品を眺めたりしていた。

聞けば設計室の人は大概、大学や工業高校卒であるという。ケンのように中学卒は1人もいなかった。

彼は配属されるや、「おい、ケン、ちょって来い！」と、いろいろなところから設計者に呼ばれた。ある時、呼ばれた設計者の部屋に行ってみると、彼は5つも並んだ小さなナイロンギヤの回転をじーっと見つめていた。そして「面白いだろう」と言う。確かに歯車が次々と回転を伝えていく。しかし、回転を伝えるのなら、むしろベルトでいいのでは？　するとその設計技師は、「ケン、ベルトでいいと思ったんだろう？」と、図星を突かれた。

「歯車でないとな、回転数を確実に伝えられないのだ。ベルトはな、スリップすることもある。確実に回転を伝えるにはほど遠いんだ」

「なるほど……。でも、ナイロンギヤは静かだけど、長持ちしないんじゃない？」

「そこだ、やがてケバ（毛羽）立ってくる。そこでお前、なにがいいと思う？」

「うーん。ベークライトかな？　中にさ、糸を混ぜて硬くしたような……」

「あっ、それだ！　ケン、ありがとう……」

と言われて追い返された。どうもケンは彼が考えるための素材にされたようだ。

こうして、ケンは設計室において、いろいろな設計者から、設計の〝みそ（基本）〟を教わった。たとえば先のベルトなどの伝動部品にも、ベルトのみならず歯車やスプロケットなど、多種多様に存在していることを教えられた。また材料もスプリングや特殊ゴム、また歯車にもナイロンや金属などいろいろあることも教えられた。設計技師はそれぞれの用途や動きの激しさなどによって、それに適した材料を思索していたのである。

ケンは中学を卒業したてであったことから、あっちこっちから声を掛けられ、「ほら面白いだろ」と彼らの考案した機械を一緒に眺めたり覗きこんでいた。あの設計技師の真剣な眼差し、そして、その世界に浸っている幸せな姿を今でも忘れられない。

きさげ加工に挑む

最後に回されたのは「きさげ工場」であった。

きさげ加工とは平面を平らにする作業で、旋盤のベッドのように滑って移動する工作機械の金属平面を平らにする作業である。赤い丹《たん》を塗っては基準となる平面の板と摺りあわせ、凸《とつ》状の面を幅2㎝ほどのきさげ（スクレーバー）で削っていくのである。きさげの木製の柄を腰にあて、体重をかけて2本の手で調節をしながら面を少しずつ平らにしていく根気のいる仕事である。

すでに研磨工場には最新の精密研磨機が導入され、精度の高い研磨加工が行われている。それなのになぜ？　とケンは思った。しかし、きっと意味のあることだろうと思い、「きさげ工場」の現場に向かった。

現場に入ると、なんとそこには、すでに定年間近の親父さんがたった一人、細長い定盤を平らに削っていた。「すいません」と声をかけたが、親父さんは答えもせずにただ黙々と作業に集中していた。ケンは仕方なく親父さんのすることを突っ立て、ただ見ているだけであった。

この現場に来る前に、旋盤の親方から、「きさげの親方はこの会社に残った最後の職人で、1000分台（1000分の1ミリ……1ミクロン）まで精度を出せる、超特級の熟練工である」と教えられていた。精密加工に特別の技術をもった超人のように感じて、一種、恐怖を感じていた。

そんな偉い職人のもとで、俺は本当に学ぶことができるのだろうか。技術を習得できるのだろうか。そう思うと現場に入ってからも身がすくみ、ただ見ているだけであった。

親方はきさげの柄を腰にあてがうと、腰と体の力を手に集中させながら、約２㎝ほどずつ削っていく。しばらくすると、赤い丹をつけて平らかどうかを確認、そして次に進んでいく。加工する面の長さは１ｍほどであったが、気の遠くなるような作業であった。

親方はようやくひと作業を終えると、ケンに顔を向けた。そして〈おや、おまえ、そこにいたのか〉という顔をしながら、ケンをしげしげと眺めた。

「この間、社長が来て、おまえを面倒をみてくれと言われた」と言い、一服しながら、「きょう日《び》、おまえも知っているだろうが、研磨工場にはあんなにいい精密研磨機が入ったのだ。だから俺の仕事はもう終わりだと思っていたが、まさかおまえが来るとはなぁ」と、ケンを哀れそうに見た。

ケンは、なにがなんだかよくはわからなかったが、ただ「親父、いや親方、よろしくお願いします」と素直に頭を下げた。

世の中がどう変わろうと、きっときさげは重要な存在なのだ。それを社長はケンに教えようとして、この現場に回したに違いない。ふっと、そんな気がした。

ケンの寮は工場の敷地内にあった。そこで親方より一足先に現場に入り、昨日の親方の真似をして練習用の定盤に向かった。不思議なことに面を平らに削っていくと、妙に心が穏やかになっていくのを感じた。これまでの現場にはなかったことで、経験したものではないと気づかない、不思議な感覚であった。

やがて親方のお出まし。「いよ、やってるな」と現場に入ってきた。

ケンが思ったほど怖い親方ではなかった。そして、最近はなにか以前よりも少し明るくなったような気がした。

とはいえ、もう自分の時代は終わった、という気持ちには変わりがないようで、ケンから離れたところで時々ため息をついては、一服をやっていた。

親方の時代は本当に終わったのだろうか?

そんなはずはない。それでは、これまで心を込めて一息ごとに丁寧に削っていく技術は一体どこへ行くことになる?

ケンはどんどん、精密で便利な機械が生まれることに、なんともいえない不満がくすぶりかけていた。なんだろう、これは……。もしかしたら新しい機械が生まれるたびに、それらの製品が人間性から遠ざかっていくような、そんな気がしたのかもしれない。

悲しさの裏に存在した温かさ。油だまりが教える

そうしたところに「精密研磨機ときさげの違い」を象徴するかのような出来事が起こった。

それは、たまたま、旋盤を習った親方の所にちょっと寄ってみた時のこと。というのも、親方が平らにした旋盤のベッドの味を知りたかったからである。

ケンが旋盤の親方の前に立った時、親方はいの一番に、「おまえ、きさげの親父の所で修業をしているんだってな?」と言った。「はい」と答えると、親方は「親父の削ったベッドは精度もいいが、なによりも滑りがいい」と誉めた。

「ネンデンガー(なんで)?」と聞くと、「さあ、馴染みというか、気持ちの問題だろう。自動研磨機で削ったベッドは精度はいいかもしれないが、粘っこくて思うようにいかない。人間の気持ちが伝わらない。冷たい感じがするというか……」という。

ははぁー、気持ちの問題か……。

そういえばそうだ。昔の人にとって研磨といえば研ぐことであった。包丁や鎌などを心を込めて研いだ。特に高い精度を必要とするようなときには刀の研ぎ師に頼んだという。そうそう、〝はめあい〟のときも最後は研ぎ師を頼った、と誰かが言っていたことを思い出した。

刀をあれだけ真っすぐに研ぐのだから、その腕には確かなものがあったに違いない。おそらくその精密さは計り知れないものがあったものと思われる。

現在、精密研磨機は人間の手を超えた別世界。さまざまな研磨盤や研磨剤を用いて全てが自動的に研磨加工されている。中には「鏡面仕上げ」と呼ぶ精密加工まであると聞く。

確かに精密には違いない。しかし、旋盤の親方からすれば、怜悧な冷血機械に見えたのであろう。心が無い……。それを肌で感じたのではないだろうか。

一方、親方の「きさげ」による定盤には心がある。温かみがあるという。その「温かみ」って、一体なんだろう？

ある日。きさげの親方が「ほら、研磨機で削った定盤だぞ」と、幅50㎝ほどの真四角な定盤を地面に据えた。そして、その隣には自分が仕上げた定盤を置いた。

親父は、その両方に四角いマイクロメーター用のブロックゲージを載せた。なにを比べようというのか不思議に思っていると、「おまえ、それぞれを動かしてみろ」と言う。左の研磨機で削った定盤の上のブロックゲージは、定盤にぴったりと吸いついて、びくともしなかった。その一方、きさげで削った定盤の上のブロックゲージは、面白いように自由に動いた。しかも、重さ20㎏の重しを載せても、すーっと静かに動くのである。

〈これだ！〉

ケンはとっさに思った。理由は不明だが、同じ精密平面でありながら、全く動きが違うのだ。もちろん、旋盤ではハンドルを回して動かすのであるが、それにしても気持ちよく動く。その秘密は？

「きさげ」によって仕上げられた定盤には凹《へこ》みがある。その凹みに潤滑油が入って「油だまり」ができる。その「油だまり」が摺動《しゅうどう》を軽くするのだという。

その「油だまり」こそ、人間の営みの温かさではないだろうか、そんなことをケンは、ふっと思った。

以来、親方はすっかり元気を取り戻して、「やっぱりきさげは大事だ。な、ケン、わかるか？」と意気揚揚と、次々に定盤を削っていった。

人間の社会だからこそ、ますます進歩していくオートメーションの時代においても、人間でなければできない技術が厳然と生きているのだ。しかも、胸を張って。

社長はきっとこのことをケンに教えようとしたのではないだろうか。そして、いかなる自動化の社会においても、手作業の重要さ、あったかさを体で学べ！と。

社長のあったかさが身に染みた。

ケンの本業決まる

しばらくすると、ケンは事務所勤めとなった。ようやく本業が決まったのだ。そこに至るまで、すでにゆうに1年はかかっていた。事務所での仕事は管理課外注係である。親会社や下請けとの間をつなぐ重要な仕事であった。社員は「外交」と呼んでいた。

簡単にいえば、カメラ会社などから製品を受注し、納入をする。加えて鍍金《メッキ》や塗装、熱処理など、社内ではできない工程を外部に発注して部品を完成させ、組み立て工場に送る。いわば組み立て工場の「部品調達係」である。そうした部品の発注において、その単価を決めたり、工程を考えるにあたり、これまでの現場経験がいかに役立ったか、そのありがたさをしみじみと感じたのであった。部品は一製品で主要部品からネジ（螺子）にいたるまで、約400点。ケンが関係したのは3製品であったから、概算して約1200点の部品を取り扱っていることになる。とはいえ、そのうちの部品1個がなくても完成品とはならない。

たとえ小ネジひとつが欠けても製造ラインはストップする。当然、組み立てラインの主任からは「俺たちには毎日の生活がかかっている……」と、厳しい文句が浴びせられる。したがって、「この部品はどうなっている?」と質問されると、まずはその部品の形状や材質などを頭に浮かべる。そして、質問された部品は「今、誰々の旋盤にかかっていて、次は誰々のフライス切削となる。よって、メッキ工場にはいつ頃発注でき、いつ頃、組み立て工場に届けられる」といったように、親切にその進行状況を説明するのである。つまり、1200点にものぼる部品の状況を常に把握していなければ、とうてい務まらない仕事であった。

製品の受注先の親会社は3社。そして下請け工場は部品製造関係3社。メッキ、塗り、熱処理など外装処理工場は数社。ほとんど毎日、親会社とそれらの下請け工場を回り、部品の調達をしていたのである。

時々、ケンは仕事の合間に多摩川べりの巨人軍のグラウンドで一休みをした。土手の草叢の上に仰向けになると、青空を鳥が飛んでいた。〈そうだ、故郷の刈谷田川の上にも鳶がピロロと鳴きながら輪を描いて飛んでいたなぁ〉など、つい子供時代を思い出していた。

そういえば、集団就職で上京したみんなはどうしているだろう。元気で働いているかな。仕事がきつくて田舎に帰ったものはいないかな。彼らと会いたい。そして積もる話をいっぱいしたい。

そんな思いをつき破るかのように、オープンカーが爆音をたててケンの寝そべっている頭上の土手をつっ走っていった。あっ力道山だ！　時代もどんどんつっ走っている……。

第二十三話　中学校とおさらば。集団就職
― 世の中の荒波に漕ぎだす ―

〈外に出ろ！〉集団就職でまだ見ぬ都会へ

中学校の卒業を迎えてケンは迷っていた。いっぱし、先生の卵、教生（教育実習生）と「人生論」などを戦わせたりしていたが、実際には世のなんたるかについては全く無知であった。

すでに卒業間近。ケンは就職か進学かの決定に直面していたが、すでに就職することだけは心に決めていた。というのは、勉強はもうこりごり。まして、いま一緒に勉強している同級生と、また高校で机を並べて学ぶなど、真っ平ごめんだったからだ。

しかし、就職先をどうするかについては〈どうにかなる〉と、全くのんきに構えていたが、その実、何が何だかわからずに、本当は迷っていたのだ。

一方、ケンの姉ちゃんは地元の定時制高校を卒業後、法律系の大学進学のための受験勉強を着々と進めていた。

母ちゃんの切なる願い

ケンの住む田舎ではまだ進学率が50％程度であったから、進学にしても就職についても自由意志が優先され、進学への強制的観念はなかった。当時、高校普通科の卒業生は会社の事務、中学卒は現場に入るというのがいつのまにか定着していた。「ケンはどうする？」と進路の先生に聞かれて、迷うことなく「就職します」と答えた。

とにかく早く現在の生活――朝早くからご飯炊きや学校帰りの買い物、そして夕飯作り、後片づけといった、多忙な生活から抜け出したい！　その一心であった。この切なる願いをかなえるにはまずもって家を出ることであった。

町内のどこかのお菓子屋さんに「住み込み」で入り、菓子作りの修業でもしようかな、など実に単純に考えていたのである。いわゆる、昔ながらの丁稚《でっち》奉公である。

住み込みで菓子作りの技術を教えてもらい、いっぱしの職人になる。当然、給料は「盆・暮れ勘定」であるが、それは当たり前のことだと思っていた。

ところが、なぜか母ちゃんは「それだけはやめてくれ！」と強烈に反対した。これまで母ちゃんはケンのすることに口を出すことはまずなかった。「頼むの」とか「ありがとの」しか言わなかったのに。それがなぜか今度だけは頑強であった。そして、ただ一言、「町の外に出てくれて！」であった。それがなにを意味しているのかについてはなにも言わなかった。

学校の廊下の壁に就職の案内が張り出された。「日本鋼管」をはじめ「少年自衛官」など県内外の、さまざまな会社や団体からの募集が来ていた。それを見ながら、「日本鋼管」は「〝命の交換〟だーてー」などと、わかったようなこと言う子もいた。

母ちゃんに「少年自衛官はどうか？」と、思いつくまま言うと、日頃やさしい母ちゃんの顔が一変。「それだけは勘弁してくれ！」と、これまでに見たことの無い悲しそうな顔をして強くごねた。〈そうだ、父ちゃんのことだ！〉と直感した。

そしてまた母ちゃんは小さな声で「自衛隊（官）だけはかんべんしてくれ」とつぶやいた。

ケンは、はっとした。そして与謝野晶子の有名な『君死にたまふことなかれ』の詩の一節、「親は刃《やいば》をにぎらせて人を殺せとおしへしや……」を思い出したのであった。

〈ああ、母ちゃんの心には父ちゃんの死が重くのしかかっているのだ〉……以降、ケンは「少年自衛官」という言葉を一言も口にすることはなかった。

そうしたなか、進路の中野先生から「川崎の機械工場に行かないか」と誘われた。「姉ちゃんも東京に行く事だしー」と、一も二もなくそこに決めた。母もこれについては何もいわなかった。

集団就職で上京

3月13日の卒業式が終わると、その2日後には上越線に乗って東京に向かっていた。小さな田舎の駅に集団就職する生徒とその家族が集合し、しばしの別れを惜しんだ後、軽便鉄道に乗り込み、やがて本線（国鉄）に乗り換えて、重苦しい色をした蒸気機関車の窓辺の席に陣取った。

そして、移りゆく風景を見ながら、〈ああ、これで家族が一緒に暮らすことは永遠にこないだろうな……〉と思った。

これまで3人であれこれ話し合いながら、助け合って生きてきた温室のような生活であった。しかし、もう戻ることはない。列車も人生も出発したのだ。

もう戻りたくないと思いつつも、その一方で、家族3人の生活はもう二度と無いのだという、妙な感覚が哀愁を帯びてケンに迫ってくるのであった。

ケンは今、これまでの生活を脱皮して、新しい未知の世界に向かっている。その不思議な感覚が、故郷を出ることや〈母との別れ〉の感傷を遠くに押しやっていた。

これから俺は一体どうなるのだろう。そんな思いに浸りながら、過ぎ去る窓の外の景色を見ていると、石炭のゴミ（粉）が目に入った。

目をこすっていると、「ケン、おまえも感傷に浸ることがあるのか」と、先生が近づいてきた。「みんな過ぎていくんだ……」とつぶやくと、「ケンらしくないな」と笑って、ほかの席の子供たちの様子を見にいった。

憧れの東京に着く。北の玄関口、上野駅

およそ8時間ほど乗って、北の玄関口、上野駅に着いた。改札口を出ると構内には広い待合所があり、夢と希望を抱いて東北地方の各地から上京した「金の卵」で、ごった返していた。昭和33（1958）年、ケン15歳の旅立ちであった。

いずれもお決まりの学生服に白線2本の学生帽、ダスターコート姿であった。ケンのグループは紙屋に就職するもの、電球に着色する会社で働くものなど、さまざまであった。

上野の待合室で引率の先生は「絶対にここから動くなよ。東京には悪い人がうようよしていて、君たちのような田舎者を狙っているからな」と、何度も何度も繰り返し、注意して歩いていた。

「東京って、そんなにおっかない所なんだ……」。ケン達はささやき、便所に行くにも先生についてきてもらうような有り様だった。都会の怖さを身に染みて感じた一齣《ひとこま》であった。トイレを出たところでふと見ると、靴磨きの少年が何人か並んで一生懸命にお客の靴を磨いていた。

やがて、求人先の会社の人が次々に現れて、お目当ての生徒を連れていった。「さよなら。

また会おうの。きっと遊びに行くからな」などと言って、手を振りながら人混みの中に消えていった。

ケンの会社の人はなかなか現れなかった。そして、とうとう最後になってようやく姿を見せた。ケンはトラックの助手席に乗せられて上野駅を後にした。皇居の二重橋や靖国神社などの名所を見ながら会社に行くのかと期待していたが、世の中、そんなに甘くはなかった。トラックは裏道を一直線に川崎の会社に向かっていた。

会社に着くと、ひとまず寮に落ち着いた。12畳間に8人ほどが寝泊まりしていた。一人1畳の感じであった。そして、押し入れの下半分が布団。上半分が生活用品の物置きであった。

こうして畳1畳、押し入れ半分のケンの新しい生活が始まった。

この年、東京の芝に、ケンの憧れであった高さ３３３ｍの東京タワーが建てられた。時代は新しい世界をひた走っていた。

現実の社会は厳しい？

ケン達が就職する時、就職担当の先生が決まって口にしたのは、「社会はそんなに甘くない！」であった。就職するものに社会の厳しさを教え、強く戒めたのである。ケンも先生の言うことを信じてきた。

ところが、会社に入ってみると、仕事が終わればもうなにをしてもいい。しかも社員寮は朝・昼・晩と食事つき。日曜日は休み。また、丁稚奉公と違って毎月給料も出る。

少なくともこれまで家でやってきた朝夕の食事や弁当のおかずなどの心配は全て不要。そして夕方の買い物もしなくていい。そのほか、ぼい（焚藁＝柴木）や炭などの燃料、米や冷麦などの食料の心配もしなくていい。まるで天国ではないか！

〈なんだよ、先生の言ったことと全く正反対だ。厳しいどころか、楽で楽で。先生、嘘言ったな……〉嬉し涙でケンはジャミた（ぼやいた）。

そういえば、中学生時代は、朝、目が覚めると「ああ、また忙しい一日が始まるのか……」とその日、一日の学校や家の仕事が連なって頭を駆け巡る。ああ、考えるのも嫌だ！　とつぶやくと、隣に寝ていた姉ちゃんが「もう少し。我慢しようね」と慰めた。そこで、「姉ちゃん、俺さ、いま反抗期なんだよね。保健で習った。1回でもいいから反抗してみたいな」と言うと「少し待って。いまケンちゃんに反抗されると、家はどうしょうもなくなるから」と言われた。

なるほどそうだ。反抗したところで、何かが変わるわけではない。そんな妙な一齣が思い出されていた。

川崎は田舎とは全く異なった新しい空気に満ち、もの凄い勢いでつっ走っている。そうした空気は、やはり外に出なければわからない。外の空気を吸え！　そして、はばたけ！

それが母ちゃんの切なる思いではなかったか……。

そうか、すでに姉ちゃんもその空気を知って、「女の癖に」とか「一人親の貧乏所帯の娘がなんで大学だ！」など、いろいろな批判や非難を振り切って上京、めざす大学に入ったのだ。そして、母ちゃんはそうした姉ちゃんに吹き荒ぶ、田舎特有の封建性という強い風に対しての防波堤となっていたのだ。

母ちゃんが地元の菓子屋に丁稚奉公することに大反対した理由がようやく飲み込めた。母ちゃんは凄い！

ケンの幸せ

ケンは仕事が終わると、あとは自由。なにをしてもいいのだ。映画を見たり、恐る恐るパチンコ店に入ってみたりしていた。とにかく川崎の工場に就職したことにより、中学時代の忙しく、辛かった日々がいっぺんに洗い流されたのである。

なによりも嬉しかったのは、誰からも注意されることなく、方々に旅ができたことである。特にケンは海が好きで、幾度となく湘南の海岸にひとりで出掛た。時には三浦半島の南端、三浦三崎や、伊豆半島の石廊崎にまで足を延ばしていた。

ケンはなぜか若者に似合わず温泉が好きであった。そして海も山も。彼は日記帳に「温泉はいい。本当にいい。さらに海もよし、山もよしだ！　できることならずっとここで暮らしたい」と書いた。もう一人の自分をケンは発見していたのだ。

しかし、ふっと我に返る。ああ、自分は一介の機械工場の職工でしかないと。そう思うと、夢ははかなく消えてしまうのであった。

湘南の海では若者がヨットに乗って、若さを満喫していた。ケンはそうして遊びに興じている若者を見ながら即興で自作したフレーズを口づさんだ「悲しき16歳、危うき17歳、大人と子供の分かれ目18歳、19の渡り鳥、10代よ、さよならの20歳」と。とはいえケンはまだ15歳、しかし、やがて20歳になる。大事な青春がどんどん過ぎ去り、やがて青春に終わりを告げる。

止めどなく走る時間。青春を謳歌できないまま俺は20歳を迎えるに違いない。その苛立たしさと虚しさにケンは「仕方がないじゃないか。もともとそれが俺の運命なのだ。与えられた環境なのだ」と諦めるしかなかった。

そして湘南の海辺で、ケンはじーっと世の移ろいを眺めていた。

第二十四話　自転車・バイクが高校進学を促す

やればできる。教祖は松下幸之助

ケンは入社すると、旋盤などの機械工作の現場や組み立て工場、さらには設計室など、さまざまな現場をまわり、わずかずつの時間ではあったが尊い経験をした。

そして最後に配属されたのは「管理課外注係」であった。

そうした日々の中で、ケンはあることに大きなショックを受けた。ほかでもない、中学校卒はケンを含めて、一緒に集団就職した田舎からの上京組だけで、地元の従業員のほとんどが高校卒であった。さらにケンがつきあうカメラ関係の親会社の職員の大半が大学卒か大学院卒だった。

姉ちゃんが大学に行くといった時は、全く自分とは違った世界で、縁遠い感じであったが、こうして現実に出合ってみると、「学歴」という、とてつもない厚い壁が目の前に立ちはだかっていることに気づいたのである。

以前は中卒だって松下幸之助のような立派な人間がいるではないか。高卒の彼らが高校に通っている間でも、中卒は一生懸命に働いて技術を習得しているではないか。だから、当然、中卒のほうが高卒よりも技術や仕事においても能力が上のはずである。〈学歴なんか関係無い。やればできる！〉という強い信念がケンにあった。

しかし、現実には、自分の力ではどうしても越えることのできない学歴という厚い壁が存在し、自分の行く手に大きく立ちふさがっていることを、次第に身に染みて感じてきていたのであった。

ただ淋しい。無性に淋しい。

自転車の「三角乗り」から一石数鳥の話に

事務所の倉庫に魅力的な乗り物があった。自転車とバイクである。

自転車……懐かしい。いろいろな思いがケンの脳裏を駆け巡った。

かつて田舎では自転車は、よほどの金持ちでなければ乗れない高級品であった。ケンはその自転車に乗るのが夢であった。

ある日、金持ちの子供が小学校のグラウンドに自転車に乗ってやってきた。大勢の子供たちがわっと集まった。そして「凄い、凄い」と、触ったりさすったりした。

誰かが「乗っていい？」と聞くと、持ち主の光夫君は「いいよ」と気持ち良く承諾してくれた。とはいっても自転車はそう簡単に乗れる代物ではない。

ところが、何回か失敗を繰り返した後、器用な子供が乗れるようになった。みんなは拍手をしながら追い掛けた。当時の自転車は全て大人用であったから大きい。そこで考え出されたのが「三角乗り」であった。左足でペダルを踏みながら走り、安定したら右足を三角型のフレームから、右側のペダルを踏み、漕ぐのだ。こうして右、左と漕いで自転車を走らせるのである。当然、自転車と体を互いに反対側に傾けながら走らなければならない。絶妙のバランスを保って走るのである。バランス感覚が無いと、とうてい走れない。それでも次第に幾人かの子供達がこれを乗りこなせるようになった。ケンもなんとか乗れるようになった。

こうして自転車が好きになると、もっと自由に乗れないかと考え、ケンは一計を案じた。隣の町の高等学校に通学している地元の高校生がいた。自転車で駅まで行き、そこから電車に乗って高校に通うのである。織物会社の社長の息子だ。駅前は駐車禁止のために誰かが駅で待ち受けていて、それを自宅に送り届けてやらなければならなかった。

ケンは自転車に乗れるということから快くその仕事を引き受けた。自転車を送り届けた足で中学校に行けばいい。そうすれば自転車にも乗れて、しかも学校にも早く着く。まさに「一石二鳥」であった。

かくしてケンは毎日、会社に自転車を届けた。そのうちに経営者とも顔馴染みとなり、従業員のお風呂にも入れてもらえるようになった。もう一鳥増して、一石三鳥となった。さらにその高校生から、いろいろのことを教えてもらったり、英語の辞書を貰ったりしたので「一石三鳥」どころではない、何鳥もの得を得たのである。

そうした過去の思いが込もった自転車が、いとも無造作に倉庫に眠っていたのである。時代は大きく変わっていたのであった。

なぜエンジンがかかる？

当時、オートバイといえば、「メグロ」や「昭和」「陸王」などが主流であった。特に白バイの「メグロ」は憧れのまとであった。ところが、ケンが入社した直後の昭和33（1958）年頃、本田（ホンダ）から、50ccの「スーパーカブ」が売り出された。安い上に軽くて乗りやすく、通勤にはもってこいの乗り物であったから、たちまちにしてブームとなり、多くの社員がスーパーカブで通勤をしてきた。

ケンもバイクぐらいは乗れなければと思っていたところ、幸い倉庫にバイクが眠っていた。さっそく仕事が終わると、倉庫からバイクを引っ張りだし、練習をした。

それを見ていた定時制の工業高校に通っている先輩が「ケン、キックはもっと勢いよく踏まなきゃ駄目だ。おまえ、どうしてエンジンがかかるかを知っているのか？」と、突然聞いた。当然ケンはそんなことを知るよしもない。

「トラックのエンジンを始動するときにはクランク棒を『やっ！』と勢いよく回すだろ。キックもそれとおんなじなんだ」と言う。

そして先輩はニコッとしてさらに付け加えた。「俺さ、実をいうと昨日、学校で習ったばかりだから本当のところはよくは知らないんだけど、『電磁誘導』とかいって、心棒の磁石が勢いよく回ると電圧が起こり、コイルに電流が流れるんだって。そして、エンジンがかかるのだそうだ。以上！」。さすが尊敬する先輩！

要するに〝速さの変化の大きさ〟が〝電圧の大きさ〟だというのだ。その電圧が高ければ流れる電流も大きい、ということらしい。

つまり、「変化の大きさが大きさ」であるという。〈うーん、いまいち、わからない！〉ケンの人生ではこれまで経験したことのない、全く未知の世界であった。

普通は「目の前に見える形の大きさや力の強さが、そのまま大きさ、強さ」である。それがケンの全知識であった。

ところが、先輩はいう。動きの速さ、いや、〝速さの変化の大きさ〟がなんと、〝大きさ〟だという。ケンの小さな頭ではとうてい考えられない、途方もなく広く未知の世界が世の中に存在している！

これまでケンが知っていることとは全く異なった不思議な世界が世の中に存在していたのだ。ケンの頭は大混乱。

知らない世界が高校に存在する……

― 不安に襲われ進学を目指す ―

これまで全く考えたこともない世界が突然、ケンの目の前に現れた。ケンはぶつぶつと繰り返しながらつぶやいた。

「速さの変化とは一体なんだ。それが大きさということは一体どういうことだ！」

ケンにとっては、まさに異次元の世界であった。そして、急に大きな不安に襲われた。

「世の中には、自分が知らない世界がまだいっぱいある！」。松下幸之助さんはそうしたことも自力で学んだのだろうか？

とにもかくにも高校や大学出の人にとっての常識を自分だけが知らない。その不安の大きさは、言い知れないものであった。もしもケンが10日かけてようやく見いだしたことでも、彼らにとって当たり前のことかもしれないのだ。つまり、自分がいくら努力を重ねても、実は全く無駄なことをしているのかもしれない。

仮に重要な問題が起こっても、怖くて真剣にぶつかっていけない。いつも不安に慄《おのの》いて、生きていかなければならない。

「人生に無駄は無い」というが、それは最先端を知っている人の言うこと。つまり「なにがわかって、なにがわからないか」を知っている人の言うことではないか。自分はその「なにがわかって、なにがわからないか」を全く知っていない。

「とにかくそれはまずい！」ケンは焦った。たった一回しかない人生なのだから……。では正正堂堂と安心してぶつかっていくにはどうすればいい？

結論は上の学校、高校に行くしかない！　進学しなければ永久に不安と劣等感に苛まされ、疑心暗鬼で生きていかなければならないと考えたからだ。

「よし、高等学校に行こう！」高校に行って、自分の知らない世界を覗いてみよう。

ケンは思い切って定時制への進学を社長に願いでた。

「どうした、君は松下幸之助のように頑張ってみるつもりではなかったのか？」

「やっぱり無理です。わからないことだらけで」

「ほほうーそうか、それじゃ来年から行くか？　でも定時制は4年。辛いぞ。最後までやり遂げた人間は少ない。やり通せそうか？」

「とにかく、行きたくてしかたがありません」

「ま、やるだけやってみればいい……」

こうして、社長から許可を貰った。併せて定時で退社することも社長は許可してくれた。

定時制高校に挑戦　素晴らしき高校教師発見

― 終生の付き合い ―

かくしてケンは念願の定時制高校に通学の許可を得た。またまた新しい世界が開かれ、期待に胸を膨らませた。中学を卒業してから1年間休んだ。そして定時制は4年、都合、同級生とは2年遅れの人生となる。しかし、それもケンが選んだ道である。人生の勲章と考えれば、それもまたいいではないかと自分を慰めた。どうせ60歳を過ぎれば大差はなくなるだろう。

ケンは会社が機械会社であることから工業高校を選んだ。定時制なので受験さえすれば簡単に入れるとばっかり思っていたが、なんと入試の倍率は2・4倍もあった。なんで？と思ったら大会社の養成工を卒業した職人が、高校卒の資格を得るために受験するのだそうである。

ケンはすっかり意気消沈してしまった。それでも気を取り直して挑むことにした。さっそく田舎の中学校に調査書を依頼したが、田舎の学校ではなにか事件が起こったらしく、調査書がなかなか届かなかった。

ところがここに奇跡が起こった。受験する学校の先生の妹さんが、なんと姉と田舎の定時制で同級生であったという。よってケンについても、おおよそのことは知っているというのである。そこで、その先生がケンの保証人になってくれたのであった。不思議な因縁というか、運の良さにケンはただただ驚くばかりであった。かくしてようやく受験に漕ぎ着けた。試験はめずらしく口頭試問と面接だけであった。そこでまたケンは不安にかられた。どうすればいい、面接だってよ？

そこでケンは考えた。できる、できないはともかく、自分がどんな人間であるかを見せることではないか。そうだ、演劇ではないが、自分がどんな人間であるかを正直に見せよう。それしかない。そう思った瞬間、ケンは急に気が楽になった。

そして、試験に臨んだ。国語、数学……そして面接。国語であれば、「山のあなたの空遠く……」の詩人の名前や翻訳者の名前を問い、その意味するものはなにか。また数学であれば、三角形の面積をその場で計算するといった方式であった。

ケンはこの時、ふっとあることに気づいた。国語の先生と妙に気持ちが合うことを敏感に感じとったのである。

一見、やさしそうであるが図太いものが内部に存在している。しかし、とことん、いい人に違いない。もしも合格したならば、まずはこの先生について学ぼう！

注　先生の名前は大橋茂男。有名な歌人、斎藤茂吉を思慕した雄渾《ゆうこん》で格調高い、冷厳な歌人であった。ケンとはその後、終生のつき合いとなった。先生（恩師）は亡くなる直前、ケンに歌を送ってきた。

「人の世を創らんとして野に吠ゆるやその声よし大獅子もかな」

ケンはこの歌を終生、胸に刻んで生きていこうと誓った。

学校生活　―会社と学校の二重生活―

不利なことだらけのために合格が危ぶまれたが、ケンは県立工業高校の定時制になんとか合格できた。こうしてケンの新しい人生が始まった。午後4時45分が会社の定時。ケンは脱兎のごとく会社を飛び出し、塀を乗り越えて南武線の線路に飛び降りる。そこには友達が制服を持って待ち構えている。

「大崎君、時間がない、飛んでいごう！」「飛ぶ？　鳥じゃない」。〈いけない。彼は純粋な川崎っ子、「飛んでいこう＝走っていこう」という新潟弁は通じない〉

大崎君は近くに住む根っからの川崎育ち。性格のいい男であった。ケンの最初の親友となった。２人は南武線に飛び乗り、始業の5時30分にようやくセーフ。

ケンは電車の中で作業着から制服に着替えた。授業が終わり、帰路に就く時に制服を入れたリュックを大崎君に預けて、また作業服で会社に帰る……というのが日課であった。

こうして学校と会社との二重生活が始まった。一見大変そうに見えるが、実はその二重生活が時々彼を救った。仮に会社で嫌なことがあっても、「ま、いいか！　学校があるから」、また学校で嫌なことがあっても逆に「明日は会社があるから」と気を紛らわして、気分転換をすることができたからである。

会社の都合もあって、欠席や遅刻が多く、出席率すれすれであったが、なんとか3年生になれた。

そして2学期、微分・積分の学習に入った。ちょうどその頃「電気」の学習では誘導電流にさしかかっていた。そこで、磁界や電流が急激に変化すると、高電圧が発生することを習った。つまり、「磁界（磁石の強さ）や電流量（大きさ）が大きく（早く）変化すると、それに応じて発生電圧も高くなる。その電圧が高くなれば当然、流れる電流も多くなり、途中でする仕事（抵抗）も大きい」という筋書きである。その変化については数学の微分で表せるというのである。

凄い！　凄い！　ケンは思わず涙が込み上げてきた。嬉しくて、ありがたくて。そして思った「これだ、これを知るために俺は高等学校に来たんだ！」。やっぱり学校というところは凄いところだ！　ケンは感激の渦の中でしばらく酔いしれた。そして、授業中なのに感極まって、「これだ、やった！」などと、つい大きな声で叫んでしまった。先生や周りの生徒が驚いてケンを見た。

「いや、なんでもありません」と照れながらも、どうやってこの感激を表したらよいか？　それればかりを考えて、とうとう、それ以後の先生の話は身には入らなかった。ケン、よかったね。おめでとう！

変化の大きさはエネルギー　自動車に生かす
―急ブレーキ、急発進がガソリンを喰う―

ケンはその翌年、自動車の免許を取った。そして、毎日、親会社や下請け工場を自動車で回った。この時に学校で習った「速さの変化の大きさはエネルギー」という、新しい発見を最大限に使った。

速さの変化とは加速度のこと。0（停止）から有、有から0が最も大きい変化（加速度）である。つまり急ブレーキ、急発進が最もエネルギーを喰うことで、ガソリンの消費が激しいことを意味していた。とすれば、できるだけ加速やブレーキをせずに定速で走れば、最もガソリンの消費量を少なくできる。

では具体的にどうすればいいか。その方策としてケンは次のことを実行した。まずは走行中に赤の信号が見えたら、その時点でアクセルペダルを離し、クラッチを切る。そして信号までゆっくりと惰性で走る。やがて信号が青に変われば、また加速をして正常に戻す。こうすればブレーキをほとんど踏まないで済むか、短時間のブレーキで済む。当然、ブレーキシューの減りも少なくて済む。一挙両得の運転法であった。

しかも、常に信号に注意しての余裕運転であるから、交差点で衝突といった事故を起こすことはない。

それが、高校で学んだ「変化の大さが力、つまりエネルギー」であった。

それによって実際、どのくらい経済的であったかは不明であるが、当時、毎日運転していたことから、かなり経済的に助かったのではないかと自負している。

「ケン、キックはもっと勢いよく踏まなきゃ駄目だ！」

先輩の一言がケンに進学を促し、そしてまた、自動車ではガソリンを喰わない効率のいい運転の仕方を教えてくれたのであった。

第二十五話　生涯で一番長い時間

夜間高校生活

ケンは念願の柔道部に入部した。

会社を終わって、すれすれに学校に到着。そして、1時間目は仕事疲れでうとうと。先生の声はまさに子守歌。1限が終わると食堂でコッペパンを頬張る。10円で済むお安い夕食。しかし、これがまた悪い。2限はお腹《なか》が膨れて今度は熟睡。そして3限からようやく普通の人間に戻る。4限は目がバッチリ。それが終わってやっと柔道場に。憧れは姿三四郎！

ケンはさまざまな技を試してみたが、結局は〝倒れながら相手を引き込み、締めに入る〟いわゆる「体落しと肩固めの変形」が得意技となった。決して姿三四郎のようなきれいな技ではないが、少ない練習時間で会得するには最適の方法であった。

道場に出ると昨日の汗がまだ乾かないままの道着が待っている。夏はいいが冬は辛い。

「うふふー」「うひょー」「ううう」。それぞれ特有の「震え声」を発しながら身を竦《すく》め、腹に力を入れて冷たい道着を着る。すでに時間も遅いので、準備体操の後は乱取りなしに、すぐに本番に入る。

　ケンはまず〝背負い投げ〟や〝体落とし〟をしたつもりで前方に体を丸めて猫のようにくるくると回り、道場の端を一回りしてから本番に挑む。

　はじめ！の号令と同時に、相手の襟首を掴む。そして背負い投げの姿勢で、極端に体を沈め相手を背負ったまま自ら前に回転する。つづいて、相手の右脇を頭で押さえて右手を殺し（封じ込め）、自分の右腕を相手の首に回して〝たすきがけ〟のようにして押さえ、締めに入る。相手を仰《あお》のけにした形で、自らも仰のけとなって押さえこむ、いわゆる「肩固めアンド締め」である。

　稽古が終わると、「参ったよな。ケンが先に倒れるもんだから、どうしても一緒に崩れてしまう。堪《こら》えようがないからな。しかも君には次の手があるが、俺には無い。こちとら、不意を突かれて、ただ〝もさもさ〟するしかない。結局はケンに肩固めから締めに入られ、万歳だ。たまったもんじゃないよ」と練習相手は言う。人間は相手がこちらを倒そうとするときには滅法強い。しかし、相手が自ら倒れると、支えきれずに自分もつい、一緒に倒れてしまう。〈人間は自ら倒れる相手には無防備なのだ……負けるが勝ち？〉――妙な人間の習性をケンは会得したのであった。

暴力団に勧誘される

日々、真面目に（?）定時制に通っているケンに思いがけない異変が静かに進行していた。当初は「おい、そんなに真面目にしていないで、少しは遊べよ」といった〝からかいの空気〟と少しの〝やっかみ〟が、ケンの周りに屯《たむろ》する、いわゆるチンピラといわれるグループの間に膨らんでいた。

ことの発端は、田舎出で、しかも中学卒なのに、ちゃっかり事務所に入り、しかも定時制にまで通っている。〈かっこつけて……〉それが彼らの〝やっかみ〟となって膨らんでいたのである。

当時、暴力団の予備軍ともいうべき「○○族」といった、いわゆる「チンピラ」が、あちらこちらに誕生していた。それらを「渋谷の暴力団が支配している」という噂が広まっていた。

ケンには全く無縁な話であったが、ある日突然、身近な話となって近づいてきたのである。その「○○族」に少し足を突っ込んでいた男が会社にいたのだ。

渡辺という。その彼が先の「やっかみ」からか、ケンを「仲間に入れよう」と言い出したのがそもそもの出発点であった。そこで、ケンに幾度か誘いがかかった。ケンは「学校がある。とても遊んではいられない」と断っていた。それでなくとも残業で欠席が多く、進級さえ危ない情況にあったからだ。

ところが、「誰それが誘っても駄目」「それでは先輩格の俺がやってみよう……」といったことから、説得者がどんどん上にエスカレートしていったのであった。

いわば、説得して格好よさを見せたかったのかもしれない。

しかし、ケンからすれば余計なお世話。誰が説得しても「駄目なものは駄目」であった。ところが興味本位なのか、とうとう、そのチンピラを仕切っている暴力団の幹部がケンの説得にあたることになったらしい。どういう話で幹部に届いたのかは不明であるが。

ケンは幹部が待つという喫茶店に入った。周りには誰もいなかった。幹部は背広を〝りゅう〟と着こなした貫禄十分の、いかにも大物という感じであった。

ケンは恐る恐るその幹部の前に立った。

「大沢君か。まあ座りたまえ」と、その幹部は前のソファにケンを腰掛けさせた。幹部は思いのほかやさしい男だった。「骨のある男とは君のことか？」いの一番に、こう話を切り出した。しかし、ケンに「暴力団に入れ」とは決して言わなかった。「そんなに気にすることはない。ただ僕のそばにいるだけでいい。そうしたらすぐに幹部になれる……」

彼らチンピラが聞いたなら、喉から手が出るようなうまい話であった。つい「それならいいかな？」と、ほろりとさせられるような聞きごこちのいい、甘い説得でもあった。

ケンはしばらく考えてから答えた。

「やっぱり私は駄目です。私は小さい時から貧乏でした。だから人の不幸をたくさん見てきました。それがどんなに苦しく、悔しいかもよく知っています。どう上手にやろうと、結局は人を不幸に落として稼ぐのが、みなさんの仕事。とうてい私にはできません。人の不幸を見るのが辛いんです。見られないんです……」

消えそうな声でケンは答えた。

幹部の男は残念そうに「そうか……なかなか骨がありそうなんだがな……。ま、気が変わって入りたくなったら、僕のところに相談にきなさい。僕が責任をもって可愛がってやるから……」

ケンはほっとして席を立った。説得は、もうこれで終わりだ……と思った。

ケン、待ち伏せにあう

ところが「こと」はそれで終わらなかった。

しかも、これまでにない、残忍な世界が待ち受けていたのである。

それは、これまでのケンの人生を、いや心境を一変させるかのような、強烈なものであった。

幹部と会った数日後、ケンが学校から帰る途中、彼の後を付きまとったり、電柱の陰から突然出てきては、最近はやりのボクシングの構えをして見せたりするチンピラ風の男が現れた。名前はわからないが、日頃、会社の同僚の渡辺と付き合っているチンピラグループのひとりであることは薄々、察しがついた。

しかし、直接暴力を振るうこともなかったので、ケンはあえて相手をする気もなく無視していた。ところが、ある日。ケンの学校帰りに、ことは起きた。

ケンはいつものように南武線の駅を降りて会社の寮に向かった。少し歩くと踏み切りがある。その踏み切りにさしかかった時に、踏み切りの向こうに異様な気配を感じて、ケンはふっと立ち止まった。

そしてゆっくりと注意をはらいながら踏み切りを渡った。渡り切った右横は、以前は小屋があったが、今は壊され狭い空き地となっている。そこに数人の人影が蠢《うごめ》いていたのである。

よく見ると、踏み切りの薄暗い電灯の光の中に4人ほどの人間が浮かびあがった。ひとりはまぎれもなく、会社の同僚、渡辺であった。もうひとりはこの間、電柱の陰から現れ、ボクシングの構えをした男であった。彼の右腕には自転車のチェーンが巻かれていた。チェーンで叩かれたら、その傷跡は当分、消えないといわれている危険な武器である。そのほかに2人はいる。これでは喧嘩をしても勝てってこない。

会社の同僚、渡辺が誇らしそうにゆっくりと近づくと、「お前、よくも組の幹部先生の顔に泥を塗ったな」と、威厳を見せるためか、わざとドスのきいた声でケンに詰め寄ってきた。

「俺はきちんと理由を言って、お断りしただけだ。おまん方に迷惑なんかかけていない」

「それが甘いというんだ。大体お前、日頃から生意気なんだよ！」

「ただ仕事をしているだけだ」

「うるせい！」と声をあげると、隣のチェーンの男が近づき、

「今日こそは勝負をしてやる。覚悟しろ。謝るなら今のうちだ」と言った。そして「仲間になれば許してやってもいいぜ」と顔を近付けて小声でささやいた。

〈あやうし……ケン！〉

しかし、ここで喧嘩したところで、なんの意味もない。といって仲間になる気持ちなど、さらさらない。

「わかった。少し考えさせてくれ……」と言ってケンは首を傾け、いつもの癖で少し斜め下を見ながら考えた。

〈これからどうすればいい？　とにかくまともでは済みそうもない。しかも危険なチェーンが目の前にある。俺が心を決めるしかない！〉

みんなに沈黙が走った。そして「早くしろ！」と、いらいらした声が飛んできた。その時、ケンは心を決めるために、母ちゃんと語っていた。

「母ちゃん。ごめん。せっかく川崎まで来て、いい会社に入り、定時制にも通わせてもらったのに、それも今日で終わり。これからは、別の道を歩くようになるかもしれない。好きでなったわけじゃないけど、俺も男だ。やるだけやる。勘弁の、母ちゃん」そうつぶやくや、〈キッ！〉として彼らを見据えた。そして、

「おまんがたは俺をどうする気だ？〈ケンは自分の思うことを言おうとすると、つい新潟弁になってしまう〉俺を殺す？　それとも怪我をさせてやめる？」ケンは渡辺とチェーンの男に詰め寄るようにして静かに聞いた。そして、「俺は今、覚悟を決めた。これをもって俺の人生を終わりにする。もしも生きていれば、残りの人生はおまんがたのために生きる」

覚悟を決めたケンは、さらにゆっくりと「そのチェーンでやられたら俺はきっとお仕舞いだ。もしも、お仕舞いでなければ残りの人生の全てをおまん方に賭け、一人一人、最後の最後まで追い掛け、幸せな家庭をぶち壊す。だから今日から、おまんがたには幸せは無いと思ってくれ」

〈やばい！　ケンの覚悟とはそういうことだったのか。ケンは人生を捨てるつもりだ……〉彼らの胸に中をすーっと冷たい風がなだれ込んだ。そして、すぐにでもこの場から逃がれたい気持ちになった。

「それからもう一つ。この中の誰かは、俺と一緒にあの世に行ってもらう。俺に衿を掴まれたらもう終わりだと思って諦めてくれ」と、一人一人を見回し、最後にチェーンの男にゆっくり迫り、「おめさん、家の人にお別れのあいさつをしてきたか」と詰め寄った。ケンはすでにチェーンの男に狙いを定めていたのだ。

彼はチェーンを持って格好を付けているものの、体格も華奢で腰が引けていたからである。

チェーンの男は気勢を削がれたように一歩、後ろに下がり「俺は関係無い」と答えた。ほかの仲間も「なんか気味が悪い」と急に逃げ腰になった。

彼らにはそこまでの気持ちはなかった。しかし、ケンはすでに生死の境まで考えて身構えていたのである。

危機一髪

ケンは腰を屈めて待ちから攻めの姿勢に入った。そして、ゆっくりと作業服を脱いで左手に巻いた。チェーンに対する防備である。チェーンさえ押さえてしまえば、この男達の拳では限界があると踏んでいた。しかもチェーンの男が〝落ちる〟には、そんなに時間はかからないと直感していた。

自分の人生、最初にして最後の大仕事である。そこから先は考えてみても、どうしようもない……。ただ、覚悟だけはできていた。

チェーンの男はケンが本気であることを悟り、怯《ひる》み、怯《おび》えていた。「あいつに気合いを入れてやるから来ないか」と渡辺に誘われ、軽い気持ちで来ただけなのに、まさか自分が殺されたり、一生つけ狙われるなんて……。しかもほかの仲間が生き残るのに自分だけ死ぬなんて、馬鹿らしいではないか。どうせ、おれが絞められても、いつもの彼らのことだ。助けずに、俺は関係無いと逃げるに決まっている。残った仲間のニヤついた無責任な顔が浮かんできた。彼らはいつだってそうだ。身勝手で、ただ「気晴らしの楽しみ」を探しているだけなのだ。責任感なんて、ひとかけらも持っていない。それは付き合ってみれば、すぐわかる。悪い仲間と付き合ったものだ……。

もし、生きていたなら、もう彼らとは二度と遊ぶまい……。彼はただ逃げたい一心となった。第一、渡辺が悪い、こんなに度胸のある男だなんて少しも言わなかったじゃないか。俺の一生を台なしにされてはごめんだ……。

一番困ったのは、いじめを誘った当の渡辺であった。このままでいけば大乱闘になり、警察沙汰になるのは目に見えている。どう収拾したらいいのだ……。しかし、ケンはもう殺気立って身構えている。俺が犠牲になればいいのか……。そんな……。

10時半を過ぎた踏み切りは、薄暗い電灯の下でピンと張りつめた異様な空気が支配していた。誰もが動けない。動けばその瞬間から思いがけない乱闘劇が展開されることは目に見えているからである。そして、そこから先は誰も予想できない。ただ言えることは、警察沙汰になることは間違いないということだ。そして、次の日から警察に追い回される日々となり、もう俺たちの明日は無い。

緊張に包まれた空気が薄明りに照らされた狭い空間を支配していた。ピンと張り詰めた沈黙の中、刻一刻と時が流れていた。彼らにとって、そしてケンにとって、生涯、一番長い時間であった。

天の神、出現。九死に一生

突如、張りつめた緊張が破れた！

「ケン、そこでなにをしている？」。「天の神」が救いに入ったのだ。

ケンの同郷の高田が踏み切りを渡って近づいてきた。少し酒が入っているのか鼻歌を歌ってご機嫌であった。

「あっ、先輩！」ケンはふっと我に返って答えた。

「みんなが集まって……一体なんだ？　おや、渡辺、お前もか？」

「あっ先輩？　いや、なんでもありません！」あわてて渡辺が答えた。

高田は厳《いか》つい顔をし、すぐ切れるから〝暴れ者〟で、名が通っていた。ケンと同じ田舎から出てくるや、いち早くチンピラの幹部級になっていたが、今は一匹狼的な存在であった。

高田は彼らを無視して、「ケン、帰ろう」と声をかけた。

ケンは救われた思いで腕に巻いた作業着をほどいて着るや、高田の後について歩いた。

これまでの重苦しい雰囲気がいっぺんに薄らぎ、踏み切りは以前のように静寂に戻った。

ケンに絡んだ4人もまた、「これからどうなる？」……先の見えない未来に怯えていたが、一挙にその重苦しい空気が吹き飛び、ようやく正常な状態に戻ることができた。「助かった！」まさに救われた思いであった。

彼らにとっても高田は救いの神、「天の神」であった。

高田は「一体なにがあったんだ？」とも聞かずに相変わらず鼻歌を歌って歩いた。彼にとっては、たかがチンピラの喧嘩にしか見えなかったのであろう。

ケンは思った。さっきの「突き詰めた覚悟」は一体なんだったのだろうかと。

自分だけが本気になって人生の行く末を考えた。場違いな覚悟であった。そして、明日はどうなるかわからない喧嘩に挑もうとした。

それが郷土の先輩、高田によって救われた……。

だが、高田は「ケンの一生を決める土壇場を救った」ことなど、少しも気づいていないに違いない。人生の最大の恩人なのに……。救世主なのに……。

ケンがこの時悟ったことは、人間は大勢いればいるほど、一人一人の気持ちは分散し、本気度は小さくなるということだった。きっと誰かがやってくれるだろうという気持ちがそれをつくるのだ。当然、責任感も薄くなる。

結局は一人の突き詰めた気持ちには絶対に勝てないのだ。つまり、一人ほど強いものはないということだった。

「一匹狼は群れた犬よりも強い」……それがこの喧嘩から得られた貴重な教訓であった。

第二十六話

ストライキ破り？
―組合運動と営業の狭間で―

人間同士、どうして心が別れるの？　―メビウスの帯に学べ！―

　ケンの会社に組合が結成され、即刻、オルグの勧めもあって結束が最も固いといわれた金属関係の組織に加盟した。血気盛んなケンはその若さゆえに、右も左もわからないまま勢いに乗って、その組織の「青年独立行動隊」の一員となった。当時、池貝鉄工所や八欧電機など方々で「賃上げ闘争」が繰り広げられていた。彼はそれらの組合から応援要請がくると、さっそく支援に行っては壇上から旗を振り、檄を飛ばした。壇の下では赤い鉢巻きをした多くの組合員が自分を見上げている。多くの従業員がストライキを起してまで、生活の向上のために立ち上がっている。その真剣な姿や表情に感動し、ケン自身も奮い立つような気分になっていた。

　それにしても、とケンはふっと思った。「使う者と使われる者」、「経営者と労働者」、同じ人間なのにどうして敵、味方になって戦わねばならないのか。社長は経営のプロ、旋盤の親方は旋盤のプロ、そして自分は外注係の職員。それぞれが受け持った専門の仕事をきちんと全うすることによって、製品が完成する。つまり、それぞれ専門が異なるだけではないか。それがいつのまにか経営者と労働者。支配する者とされる者といった別世界の存在になり、まるで違った世界の生き物のような錯覚に陥ってしまっている。そして、向かいあえば、まるで宿敵のように相手を罵倒し、互いに口汚く罵りあう。少なくとも良識ある人間世界の出来事ではない。

どうして互いに協力しあい、妥協点を見いだして、みんなで利益を公平に分配できないのだろうか。表も裏も無い、みんな同類の社会じゃないか……。

そうだ、かつて私が叱られた時のもとになった旋盤のベルト（メビウスの帯）を思えばいい。男性と女性、経営者と労働者、それらは一見、裏と表のように感じるが、実際は錯覚であって、実は同じベルト上の存在。単に位置が違っているだけではないか。これだ！　これこそが経営者と労働者の認識にならねば……。

中学を卒業してまだ数か年、世の中がなんであるかもよく知らない若者が頭の中でひねくり回して得た結論であった。

ケン、労使の板挟みになる

会社では経営者と組合が何回か団体交渉を重ねていたが、残念ながら妥結点を見いだせず、ストライキ突入一歩手前に至っていた。当然ケンも「青年独立行動隊」の一員として「ストライキも辞さず」の声を張り上げたものの、以前とは全く異なった心境に陥っていた。つまり、組合が実際にストライキに突入したならばと思うと、心中、暗澹としていたのである。

もしもストライキとなれば、生産はストップし、製品の納期が遅れることは間違いない。とはいえ、親会社への納期は絶対である。それによって納期が守れなければ、当然、その仕事は他社に回されて、もう二度と戻ってくることはない。それは常識。火を見るより明らかであった。

とはいえ、こうした険悪な雰囲気の中では、そのようなことなどとうてい言えるものではなかった。労働者が休業し会社が困ってこそストライキの意義があるからである。

そこでケンはストライキによって遅れそうな部品や組み立ては、できるだけ下請け工場に持ち込んでいた。納期だけはなんとか間に合せなければ……それがケンの仕事であり、最も重要な役目であった。とはいえ、それにも限界があったが……。

しかし、それではストライキの意味がないではないか――。

結局、ケンは事実上、スト破りの張本人になろうとしていたのであった。

青年独立行動隊の一員として「ストライキも辞さず」の声をあげたケンが、今や、その狭間で苦悶に喘いでいた。なんと不思議な巡りあわせであろうか。

ケンが小さな頭をひねくり回して得た結論は、労使に妥協してもらい、ストライキを回避してもらうことであった。

しかし、それは甘かった。会社側（経営者）はすでに企業診断の専門家、青木氏を招請し、彼の助言を入れてロックアウトの準備に入り、構内の道々にはロープが張られ、社員の出入りは厳しく制限されていた。まさに一触即発の状況であった。

このように緊迫した雰囲気の中で、ケンは社長に呼ばれた。いの一番に出た質問は「大沢君。製品の納入は大丈夫かね？」であった。〈とんでもない。この状況で製品が順調に納まるなど、あるはずもない〉と言いたいところであったが、そこをぐっと堪えた。

そしてただ、「はい、今のところは」としか、答えられなかった。

とはいえ、実際に組合がストライキに突入した場合を考えると、身の竦《すく》む思いがしていたのである。

経営危機。「ゼンザブロニカ」が救う

そうしたある日、ケンは会社の近くを歩いていた顧問の青木氏に声をかけた。彼は色白の痩せた学者タイプの男であった。ケンとは下請け工場の管理の問題で数回、社長を交えて会っていた。

青木氏は突然呼び止められて、一瞬、どきっとした顔をしたが、ケンとわかってほっと

した様子であった。ケンは小声で「大事な話があるんですが……」と、付近の喫茶店に誘った。席に落ち着くと、さっそくケンは「青木さん、すでにご承知でしょうが、うちの会社は社長と従業員がなんでも語れる家族のような関係なんです。というのにどこでくい違ったのかな、その親しい関係がどこかに吹っ飛んでしまい、まるで、よその大会社のように〈経営者と従業員〉という感じになってしまいました。青木さん、あんたのせいでもあるんじゃないですか」と言うと、青木氏は「私は自分の専門の知識を社長や重役に語っているだけだ。大沢さん、そんな話で私を誘ったのか？」と畳み込んでくるかのように構えて言った。

「青木さん。とにかくロックアウトはまずい！」とケンは言い、「折角築かれてきた人間関係を壊してしまう」と言った。青木氏は「ストライキには、どこの会社も先手を打って、そう対応をしている」とぶっきらぼうに答えた。

青木氏もケンがロックアウトやストライキのために部品調達に必死に動いてることは社長から聞いて、薄々は知っていた。しかし、その話はあえてしなかった。一方、ケンも「その話はそれで」と話を打ち切った。

「ところで、青木さん。あなたの愛用のゼンザ君はまだ直らないんですか？」と急に声を和らげて聞いた。青木さんの自慢の高級カメラ、「ゼンザブロニカ」が故障して、意気消沈していることをケンは小耳に挟んでいたのだ。

「大沢さん、なんとかならないかな」と、青木氏はケンに救いを求めるような声で言った。

ケンがゼンザブロニカのレンズの提供者である、世界的に有名なカメラ会社に日々、出入りしていることを知っていたのである。

「なんとかしてみましょう。その代わり、ロックアウトはまずい。せっかく長年築いてきた社長と社員の融和を壊してしまう。交渉での「ストライキも辞さず」の声は今度加盟した団体への顔向けでもあり、いわば勉強会のようなものだから。鷹揚に見てほしいんです。あなたも社員としばらく付き合えば、そうした関係がすぐにわかりますよ。カメラは私がなんとかしますから……」

ここで話は終わった。ケンと経営者の顧問が語りあっていたことが社員に知られてしまうと、互いに妙に勘繰られる可能性があったからである。

ケンはさっそく、その足で例のカメラ会社に向かった。そして、同社に着くや、直接レンズ磨きの職員室に入った。

レンズ磨きの職人は高度な技術をもっているので、技術師として重役のように厚遇されていた。部屋では、カメラの修理に目のない鎌田の爺さんがお茶を飲んでいた。「お久しぶり」と声をかけると、「おう。ケンさんか」と気軽に応対した。

「実は懇意にしている人が、ゼンザ君の故障で悩んでいるんです。なんとかなりませんかね」と切りだした。

「ゼンザのレンズは、うちのレンズを使っているんだよな。それは面白い。善三郎爺さんの仕事を一度は手懸けてみたいと思っていたところだったんだ」

善三郎とはカメラの開発者、吉野善三郎のことで、その名前の〝ゼンザ〟と、〝ブロニーフィルム〟を合成して「ゼンザブロニカ」の名前が付けられたと教えられた。6・6版の一眼レフ最高級のカメラである。

ちょうど爺さまは暇をもてあましているところだったから、〈お誂え向きの仕事が舞い込んだ〉と言って、さっそく手にとって眺めていた。

そして、わずか数日で修理は完了した。青木氏の喜びようは格別であった。

その青木氏。社長や専務を前に「ロックアウト解消」を提言したのである。結果、これまで刺々《とげとげ》しい空気が支配していた社内にようやく融和な空気が戻り、話は解決の方向に向かった。

新たに下請け工場の追加を！ ─ 安定を求めて ─

「ロックアウト解消」の次の日、ケンは社長に呼ばれた。

社長室に入ると、社長は机に向かってなにかを書いていたが、「おう来たか」と顔を上げ、「ま、座れ」と言い、自分も応接セットに向かって歩いてきた。

ケンは〈ああ、青木氏とのことがばれたかな〉と構えながら椅子に座った。案の定、「大沢君。大活躍だな」と笑顔で言ってケンの前に座った。ケンはこの太っ腹の社長にはいつも往生している。いつの間にか彼の懐に入ってしまうので、ケンは警戒した。

「ところで、この間も君に聞いたところだが、製品の納入は大丈夫か」と再度、同じ質問をした。「今のところはか？」と改めて聞きなおした。そして、「なにか私に言いたいことがあるのだろ」と逆に切り返してきた。

そこでケンは、これまで心にたまっていた自分の考えを思い切って社長にぶつけてみようと思った。

「今回の闘争では、いい経験をさせていただきましたが、身の細る思いもしました。そして気づいたことなのですが、もしも本当にストライキとなれば、下請け工場にいくら頼ったところで限界があります。そこで2つほど提案があります」

「2つも？」。社長は真剣な顔をケンに向けた。

「そのうちの1つは今回の問題が解決してからにしたいと思います」

「ほほお！」

「そこで当面の問題のみを提案させていただきます。まずは下請け工場を何社か増やしていただけないでしょうか」

社長は「それは大仕事だな」と言い、その内訳を聞いた。

「部品製造2社。組み立て工場2社です」

すると社長は「保障できるか？」と問いなおしてきた。

「労使交渉が始まった時点で部品の製造と部分組み立てを発注しました。しかし、そこから先は自信がもてないことをつくづく実感しました」

「なるほど」と社長は答え、煙草を口にくわえ、しばらく考えていた。

ストライキは組合の権利。それはともかく、中小企業は信用が根幹。製品の納期が遅れれば、それ以降の保障は無い。したがって、ストライキによって仮に賃上げに成功しても、それによって製品の納期が遅れてしまえば、それ以降、親会社からの注文が途絶えるのは当然のこと。そうなれば逆に社員は飢えてしまう。

「ストライキは一瞬。生活は永遠」であった。

ともかく、親会社はこうした闘争に残念ながら理解を示してはくれない。そんなに甘くはないのだ。

しかし、ケンの会社のような中小企業は、大企業のようにストライキに対応する余力をもっていない。したがって、ストライキの間は外注係がなんらかの手を打っておかなければ次の保障がないのである。

ケンが実感したように、ケンの会社の下請け工場の容量は決定的に不足していた。そこで、先の提案となったのである。しかし、「新しい下請け工場に対する保障」と言われても確たる自信はなかった。ただ一つ、〝賭け〟としての腹案はあったが、しかし、それを言うのはまだ早い。

社長は少し思案していたようであったが、ほっと煙草を口から離して、「ところで、学校のほうはうまくいっているか。こんな騒動で学校どころではないだろう」と思いがけないことを聞いた。

ケンはその時、定時制2年生であった。1年遅れで入ったので17歳である。

「学校で睡眠時間をとっています」と答えると、社長は〈ワハハ〉と一際、大きな声で笑った。そして、

「下請け工場のことは君に任せよう。とにかくきょう日、厳しいからな。製品の納期が遅れたりすれば、部長の吉野さんは温和な人だから許してくれるだろうが、あの厳しい鈴木課長はそうはゆくまい。さっそく発注をほかの会社に振り向けるに決まっている」

「とすれば、当社は大きなダメージを受けるばかりか、もう仕事もこなくなり、立ちゆかなくなってしまいます」

「ま、そういうことだな。さっきの新しい下請け工場に対する保障は心配するな。私に任せなさい。いずれにせよ、大沢君、頼むよ……」と言って話は終わった。

ケンが社長室を去った後、社長は改めて煙草を口にくわえ〈それにしても〉と自分の若い頃を思い浮かべながら、大沢ケンと比較していた。そして、俺はとても大沢君のような大胆なことはできなかったな、と思った。

〈とにかく少し様子を見てみよう。いずれにせよ、大沢君に任せて、それでいいというわけにはゆくまい。大沢君はまだ若い。私も裏に回って、なんらかの手を打とう。一肌脱がなければならないな〉と決意した。そしてケンのもう一つの構想を覗いてみたい誘惑にかられたのであった。

「下請け工場相互補助システム」の船出

難航していた団体交渉もようやく妥結し、ストライキは回避された。そして会社は従来どおりに復旧した。団体交渉で社長は組合にどのような提案をしたかわからないが、組合幹部もそれなりに納得したのであろう。

かくして、ケンが危惧していた賃上げ闘争は終わった。

そこで、社長はケンを呼んで、懸案のケンの構想を聞いた。

これまで下請け工場は親会社から仕事をもらうことに汲々としてきた。つまり、親会社と下請け工場との関係は「縦のつながり」で、「横のつながり」は皆無に等しかったのである。とはいえ親会社は下請け工場の面倒までは見てくれない。そればかりか、下請け工場が気にくわないとなれば、あっさりと別の会社に部品や製品の発注をすることも、往々にしてあった。

親会社の担当者は利益優先。下請け工場にはなんの愛情ももっていないことを、ケンは幾度も経験してきた。まさに親会社はお山の大将であり、下請け工場はなんでも〝はいはい〟と言うことを聞く下僕《しもべ》であったのである。

であれば……とケンは考えた。

下請け工場同志が助け合うシステムをつくればいい。つまり、先の「縦のつながり」と

「横のつながり」を有効に活用するシステムである。

これが実際に有機的に働いたならば、収益の安定やさらに飛躍といった、思いがけない大きな効果をもたらすのではなかろうか。

たとえば親会社からの注文が途絶えたり、親会社が万が一、倒産の憂き目にあうような危機に陥ったとき、横のつながりを最大限活用し、互いに注文を融通しあうことによって生き抜く、という下請け工場間における相互扶助システムである。

まさに大胆な、しかもこれまでなかった奇抜な構想であった。

それが社長への第2の提案であった。

この構想にじーっと耳を傾けていた社長は、意外なことに、「面白い！」と言って、あっさりと賛意を示してくれた。それればかりか、「私が主導しよう」とまで言ってくれた。

当面、その組織の舵取りをケンがするつもりでいたが、自分はまだ若い。貫禄もまだ備わっていない。構想だけが先に走っていた。それを社長自身が音頭をとってくれるという。まさに願ってもないことであった。

事実、この「下請け工場相互扶助システム」が本格的に機能することによって、下請け工場の数社が救われたばかりか、新しい産業を生む基礎にもなった。そして、ケンが退職した後も、この相互扶助システムは健全に機能していることを後に後輩から聞いた。

結局、ケンが会社に実績として残したのはこのくらいであった。

初心忘れるべからず。創業時のこころを取り戻せ！

― 社長の大演説 ―

労使交渉が妥結した翌日、社長は社員全員を講堂に集まるように指示をした。重役にも相談しないでのことであった。よって、重役も、そして従業員も社長が一体なにを話すのか全く見当もつかないまま、講堂に集合した。

壇上に立った社長はゆっくりと頭を下げた。そして、心の内を語るように、おもむろに話し始めた。

「諸君、私はこの数年間、大切なことを忘れていました。それが今回の争議のもとであることを改めて認識したのであります。そもそも、この会社を立ち上げた時はわずか数名でした。その時に決めたことは〈みんなの力で生み出した利益だ。だから、みんなで分かちあおう……〉ということでした。それが創業した時の誓いでした。

ここに並んでいる高井・佐藤・そして本間、な、そうだろう」と目の前に並んでいる、重役に言葉をかけた。彼らは黙ってうなずいた。

「しかし、会社が次第に大きくなるにつれて、経営者と従業員に分かれ、考えも普通の会社と変わらないものになってしまった。今回の争議の発端は、諸君の先行きも考え、いかに諸君に不満があろうとも次の時代に備えて社内留保をして、将来に備えよう。そうした理由から、断腸の思いで賃上げを差し控えたことにありました。とにかく、時代は物凄い速さで動いていて、全く予測不能であります。それに対応できる体制を整えておかなければ、という発想からでした。つまり〈利益を働く者、みんなで共有しよう〉という、創業精神をすっかり忘れていたのであります。

ここにいる青木君のロックアウト回避の提言にあたり、『みんなで働いて、みんなでその利益を分かち合う。家族ような融和の心こそが会社の生命《いのち》なんでしょう』と言われた時に、〈ああ、そうだ、私たち社員はみんな家族なんだ〉という、みんなとの誓い、創業精神を改めて思い出したのであります。

……中略……

改めて宣言しよう。〈働いて得た利益は従業員みんなの共有である〉。よって、今回の社内留保による給料の抑制は撤廃し、全てを君たちと共有しようと決意した次第であります。残念ながら、君たちが要求する賃上げには若干不足するが、それは私の経営者としての力量不足によるものであります。深く反省しているところです。

とにかく、ここで会社は創業時と同様、丸裸となった。つまり、諸君達とゼロからの再出発である。

諸君、改めていう。みんなの力でみんなの会社を盛り立てよう！」

この言葉を最後に、社長はおもむろに頭を下げて壇上から降りた。

みんなはしばらくボーッとしていたが、やがて会場に割れるような拍手が起こった。そして、今度は組合の委員長が壇上に立つや、「おい、俺達は家族だ。ともに働こう。ともに頑張ろう」と、こぶしを挙げて叫び、最後に「やっぱり我々の社長だ、重役だ」と居並ぶ創業者達に深々と頭を下げたのであった。

しばらくして、賃上げに加えて、会社の株券が給料袋に入っていた。

会社は我々のものだ、我々が育てる！　このたびの社長の話と賃上げにより、嫌が応にも「社員は家族」という意識を心の底から自覚したのであった。

ケンはなぜかボーッとしていた。そして思った。えーっ！　こんなことってあるの？　厳しいこの世の中で！

第二十七話　テストは自由・平等の根幹
― パチンコの玉のような人生に遭遇 ―

大学に勤める

ケンは晴れて大学生となり、昼はキリスト教系の大学に勤めることにもなった。

こうして、ケンは初めて研究者の仲間入りをしたのであった。

ケンが大失敗をし、人生の岐路に立った時、大学に進学すること示唆してくれたのが吉野部長であった。

「大学には何があるんですか?」とのケンの問いに、「新しい世界が開かれ、思いがけない出会いが待っている」と吉野部長。まさにそのとおり、新しい世界と出会いが待っていた。そして今、その中で生きている。不思議としかいいようがない。

大学は研究の世界である。そして思考の世界でもある。言い換えれば常に未知の世界との遭遇であり挑戦である。

これまでのケンの人生にはなかった、初めての世界であった。

果たしてケンに向いているかどうかは別として、面白い、ただ面白い。それがケンの実感であった。

思い返せば、まるで降って湧いたような「巡り合わせ」という船に乗って、右にぶつかり、左にぶつかり、まるでパチンコの玉のような天運任せの人生航路であった。雲は動いて止まらない……自然界の全てが流転している。一体、誰がケンの人生を天上からコントロールしているのだろうか。運命の神様？　それとも進化の神様？

世の中には多様な人生が存在　―新しい運命の幕開け―

大学に勤めたばかりのある日のこと。

突如、研究室のドアが開き、「浩ちゃん、いる？」と、ショートヘアの中年女性が飛び込んできた。「浩ちゃん」と気やすく教授を呼ぶ。一体、どのような女（ひと）なのだろうか……。

油圧に関する重要な問題への挑戦をしていた先生は突然の女性の入室に驚いて立ち上がった。しかし、その女性を見るや相好を崩してにこやかに迎えた。そして、「大沢君、コーヒーを入れてくれないか」と指示した。

〈ああ、懇意にしている人なんだ〉とケンは直感した。それにしても不粋な女性ではないか。怪訝な顔をしながらも、ケンはその女性に興味津々だった。

「はい」と立ち上がって、最近はやりの「インスタントコーヒー」を瓶から出して茶碗に注いだ。

「お砂糖は？」と聞くと、「ブラックで」とぶっきらぼうな答えが返ってきた。

そして、くだんの女性、「助手さん？」とケンに聞いた。「はい、大沢といいます」

「あっ、そう。コーヒーをお茶碗で飲むの？　さすが流体研究室ね」と意味不明なことを言い、あとは性急に先生にいろいろなことを質問した。そして、終わるやいなや、さっと身を翻して研究室を出ていった。まるで旋風《つむじかぜ》だ！

ケンが怪訝な顔をして見送っていると、先生は「今の人が有名な女流作家のA子さんだよ。私の従姉《いとこ》なんだ。また、なにかの小説を書くということで、いろいろ質問に来たんだ」と説明した。ケンはこの女性を「旋風オバタリアン」と命名した。

ところで教授先生、さすがにA女史の「コーヒーをお茶碗に出すの」という言葉はこたえたらしく、仕事が終わると、「大沢君。コーヒーカップを買いにいこうか」と言って、ケンを引き連れて虎の門の茶碗店に行った。そして分厚い、〝正しい〟コーヒーカップを買った。

ついでながら、先生はケンを銀座に連れていった。先生お得意の日航ホテルのグランドバーである。生ビールのジョッキを傾けながら、さっきの小説家A女史の話や、これからの研究の話に花を咲かせていると、突然マイクで「みなさん、本日ここに珍客がおいでになられています。ご紹介いたします。J大学の教授、大橋先生です。先生はご専門のお仕事のほかに、なんとピアノの名手でもあります。大橋先生、一曲、いかがでしょうか？久しぶりに皆さんに先生の名演奏をご披露していただけませんでしょうか」と、アナウンスが入ると、所々から拍手が起こった。

驚いたのはケンだ。先生がピアノの名手だなんて全く知らなかった。先生の顔を見ると、先生は〈参ったなー〉というように恥じらいながらも、笑顔で静かに席を立って、ステージ脇に備え付けられているピアノに向かった。

ケンははじめて違った先生の顔を見た。やがて先生はみんながわかるクラシック音楽のメロディーを奏でた。器用な先生であることはわかっていたが、まさかみんなの前でピアノを演奏できるなんて……。ああ、やっぱり育ちが違うのだ。ケンが日々の生活で孤軍奮闘している最中《さなか》、先生は豊かな情操教育を受けていたのだ。羨ましくもあり、仕方がないと諦めの気持ちあり……。

しかし、ケンは素直に先生の奏でる曲に耳を傾け、終わるや否や、思い切り心から拍手をした。先生はよほど嬉しかったのか、そのあと渋谷の友達が経営している小さなバーにケンを連れていってくれた。45回転のドーナツ盤が哀愁を漂わせて歌っていた。こうしてようやく不思議な一日がお開きとなった。

いろんな人がいて、いろんな人生があって……それが世の中。羨ましがってばかりいては駄目。人にはそれぞれの人生があるのだ。自分に向かって吹く風に逆らわず、運命の指図に従って人生を歩むしかない。ふっと、そんな思いにかられた。

そして、そうだ、かつてはもっと大変な時代があったのだ……と、昔の封建時代に思いを馳せた。

封建社会の歪み

ケンの趣味に江戸時代の数学、「和算」がある。不思議と面白いのだ。一時、故郷、越後の「数学の歴史」を書いてみようと思ったことさえあった。

和算を解くには、まず古文書が読めなければならない。その上に江戸時代の独特な数学の解き方を会得しなければならない。さらに現代数学と、その三者が好きでなければなかなか付き合えない。確かに難物であるが実際に付きあってみるとなかなか面白いことも多い。

江戸時代、和算、つまり高度な数学を勉強していた人の多くは、藩の財政を預かる勘定奉行の役人であった（後に裕福な商人や農民にまで広まったのであるが）。

当時の社会は「士農工商」という厳しい身分制度によってがんじがらめになっていた。また武家社会においても、戦国時代の祖先の家柄や戦場での働きなどによって身分や禄高が決められ、永代、固定化されていた。したがって1００人いれば1００の身分が存在し、しかも世代が変わっても変わることがなかった。

このような、がんじがらめの封建社会において、自らの才能に気付いた武士は一体どうすればいいのだろうか。そして、もしも自分が、このような時代に生きたならば、一体どういう人生を歩いただろうか。そんなことを時折考えてみる。

そうした封建時代から考えれば、今日は最高ではないか。研究室の教授と比較をしてはいけない。自分には先生が経験していない、いろいろな生きた経験があるではないか。しかも、ありがたいことに日本は自由と平等という特権があり、意志さえあれば、なんでも挑戦できる時代ではないか。そんなことを道々、考えながら渋谷から家路に就いたのであった。

テストは自由・平等の根幹
―お家騒動は起こるべくして起こった―

先般、丸田正通《まさみち》という和算家（数学者）の日記が発見されて。その日記から思いがけない歴史的事実が浮かびあがり、江戸時代という、がんじがらめの世界で人生の矛盾にもがく勘定奉行の生き様を垣間見ることができた。

丸田正通は新発田藩の勘定役人で、最上流という和算の流派の四天王と呼ばれるほどの実力者であった。彼は和算のみならず、藩内の（用水）開鑿などで大活躍をした人物である。しかも江戸に出て、米商人と打々発止のやりとりをするなど、卓越した能力の持ち主でもあった。その彼が生涯を綴った日記である。

それによれば、彼は3人扶持、配当6石という下級役人の家に生まれた。そして、先のようにさまざまの方面において大活躍をし、藩の財政を大いに潤したのである。ところが、驚くこと勿《なか》れ、それだけ大きな働きをしたにもかかわらず、なんと生涯、わずか4石が加増されただけであった。しかも倅の代になると、また3人扶持、配当6石という、振り出しに戻っているのである。

丸田正通のように、勘定方の役人の多くは中級以下の武士であった。しかし、その仕事は藩の財政を預かる重要な任務を担い、第一線で活躍していた。いわば新進気鋭のテクノクラートであった。したがって、時には能力に応じて、出世の糸口も十分に存在していたのかもしれない。武士社会における数少ない実力主義の世界であったといえる。

しかも、彼らが相手にするのは実力社会で能力を培い、生き馬の目を抜くような社会の中で生き抜いてきた名うての商人や村々の農家を束ねてきた海千山千の庄屋である。

当時、藩は財政が困窮すると、決まって豪商や豪農から借金をして穴埋めをしていた。とはいえ、実際に返済することは稀で、多くはなにかの〝ご褒美〟などで誤魔化してきた。当初は武士の威光で借りていたが、最後にはその威光も通じなくなっていた。結局は、藩の家老など重役がわざわざ豪商や豪農のところに出向いて、幾度も頭を下げて頼みこみ、ようやく借り入れて、藩の財政を切り盛りしていたのであった。したがって借財は増えていくばかりであった。

このように豪商や豪農に頭を下げて懇願するような状況となっては、がんじがらめの「士農工商」という身分制は半ば崩壊していたといってもいい。

こうした藩財政の杜撰《ずさん》さと、身分制度の崩壊にいち早く気付いていたのが勘定奉行の役人であった。当然、豪商や豪農も鋭くこうした時代の変化を見抜いていた。そして、藩財政の破綻の最大の原因は「予算と決算が無い」ことであることも、いち早く見抜いていたのであった。そして、ことあるごとに、それらの矛盾を指摘し、改革を提言していたのであった。

底の抜けた藩財政、その背後にある旧来から引きずってきた悪弊に対して、新しい感覚をもって行政と財政の一体化を目論む、新進気鋭の勘定奉行の思いが「お家騒動」の発火点となった……。ありえないことではない。

いわば、彼らは封建時代に咲いた「一輪の仇花《あだばな》」であったといっていい。

もしも日本に中国の「科挙」のような官吏登用試験があったならば、どうなっていただろうか。出世の唯一の突破口となり、数多くの偉人を生み出し、時代も大きく変わったかもしれない。

とすれば中国の「科挙」、つまり試験は、いわば平等社会の象徴であるといえよう。言うなれば、「テストは自由主義の根幹」だったのである。

第二十八話　なんとはなしのテストが思いがけない運命を創出

意外な試験に挑戦

話は思いもよらないところに飛んでしまった。ところが、この「自由と平等の根幹」であるテストによって、ケンは思いがけない人生の道草を食った。ケンにとっては「一輪の仇花」どころか、「人生の仇花」であった。

まずはそのテストの話から入ろう。近年テストの悪弊が取り沙汰されている。しかし、もしもテストを廃すればどうなる？　地位と権力、そして貧富の差が大きな力となって押し寄せ、裕福な家庭の子供達が優先される、かつての封建社会に戻るであろう。いかに弊害があろうと、テスト優先の社会を消してはならない。よくよく考えてみれば、やはりテストは平等社会の根幹だったのである。

ある日、ケンは法律を学んでいる友人と、さまざまなことについて議論した。ところが、どうしても話が噛み合わないのだ。そこで友人は「さあこれを見ろ」と、分厚い『六法全書』を取り出してケンの前に置いた。めくってみると、細かい文字でびっしりと条文が書かれていた。そして彼は「このように法律の中で人間は無事、平和に生きている。法律は宝である」と、法律優先の社会を主張した。

『六法全書』をめくりながら、「へー、こんなに法律ってあるんだ。凄い。江戸時代の法律の何倍くらいあるんだろう。これによって俺達人間は、がんじがらめに縛られているってわけだ……」。冗談のつもりに言ったが、しかし、考えてみれば凄いものだ。たかだか明治に入ってからであろう。このように沢山の法律ができたのは。いや、戦後にできたものも多いはずである。

いずれにせよ、とてもケンには手に余る。多すぎるのだ。もしも、ケンが法律家を目指したとすれば、ケンの頭はきっと破裂するだろう。

そこで、ケンは言った。「法律は所詮人間が作ったもの。絶対でもなければ、真理でもない……」と。これではまるで水と油で、話が噛み合うはずがない。

特に日本人には正しいものは正しいという固定観念がある。しかし、外人と付き合ってみると、それが一変する。「正悪」に対する考え方が全く異なっているのだ。彼らは「対話」によって「正悪」が決まると考えている。おそらく、国によって判断が全く異なるからであろう。したがって対話によって、互いが納得する着陸点を見いだし、それを「正しい」としたのである。

日本人の「固定化（不変）した正悪（正邪）」に対して、外国では「対話によって決まる正悪」、つまり「可変の正悪（正邪）」であった。

そこで、法律家の卵の最後の捨て台詞《ぜりふ》は、「では君も一回、法律に関するテストを受けてみたらどうだ」という一撃であった。

ケンも負けじとばかりに「面白い！」と応酬してしまった。ケンには「テストは自由主義の根幹だ」という金科玉条のような思いがあり、それがむくむくと頭をもたげたのであった。しかし、なにを受ければいい？

しばらくして彼が持ち込んできたのは、なんと最近始まったばかりの、不動産業者のための「宅地建物取引員資格試験」であった。

ケンは訳もわからず、受験を申し込んだのであった。

注　「宅地建物取引員資格試験」は昭和33年に第1回の試験が開始されている。現在の「宅地建物取引士資格試験」である。

宅地建物取引員の資格試験に合格

試験会場は神田の明治大学。石造りの重厚な門をくぐると、明るい日差しが注ぐ中庭があった。そこには大学特有の学問の府の匂いがし、世間とはかけ離れた文化の雰囲気がそこかしこに漂っていた。

思い出す。かつて姉が一度、ケンを大学に誘ったことがあった。やはりその大学も、この大学のように明るい日差しが注ぐ中庭があり、学生が教科書を小脇に抱えてゆったりと友人と語らいながら歩いている姿があった。毎日、工場で油にまみれて働いていたケンにとってはまるで別世界であった。

受験場に入った。この試験に受からなければ不動産業を辞めなければならないというような、必死な顔の初老の男性がすぐ横に座った。そして、脇目もふらずに例題のようなものに取り組んでいた。「そうか、大変なんだ！」と、ケンは、はじめてその試験の重要さを認識したのであった。

しばらくすると合格通知が届いた。合格番号「３０１５７」。期日は昭和38年8月19日。「東京都知事東龍太郎」。さっそく試験を促した友達に「試験、受かったよ」と報告した。以来、彼はぷっつりと姿を見せなくなった。

それから数年、ケンは大学を無事卒業。そこに突然、「宅地建物取引員」の受験場で出会った吉田という若い男から電話を受けた。吉田はいつも頭にひょいとハンチングのような帽子を載せているお人好しで、ケンは彼を「とっちゃん坊や」と呼んでいた。その彼からの思いがけない電話である。

「宅地建物取引員」の免許状を貸してほしいという依頼であった。彼は「鷺谷に格好な店を手に入れた」という。しかし、「宅地建物取引員」の合格証書がなければ店を開けない、というのである。

聞けば、吉田はあれ以来、毎年不合格続きだという。それにしてもいやに明るい。とはいえ、合格証書の貸与はかたく禁じられていた。「それは無理だ」とケンが答えると、それでは形だけでもいいから一緒にやってほしいという。彼はそこで不動産業を営みながら資格試験の勉強をしたいというのだ。それまでして……とケンは思った。きっと、それほど不動産業というのは魅力的で、旨味のある商売なのかもしれない。「とにかく合格証書を事務所に貼りだしておかなければ、仕事ができない」と言う。まさに性急な依頼であった。

ふっと、ケンはその不動産業という世界を覗いてみたくなった。「とにかく店を見にいこう」とケンは答え、その店に向かった。

店は山手線上野駅の隣、鶯谷駅の通りにあった。5坪ばかりの小さな店で、すでに窓ガラスにはアパートを紹介する宣伝ビラ（貼り紙）が、所狭しと貼られていた。そして、アパートを探している男女が、その貼り紙を見ながら、店の前をぞろぞろと歩いていた。

ケンが不思議そうに眺めていると、「ぼやっとしていないで、この2人を現地に案内してきてくれ！」と吉田に指示された。ケンはロボットのように、男女2人を「どうぞ私についてきてください」と、いつのまにか貼り紙にあるアパートに案内していた。

「どうする？　君……」と中年の男性。「南向きがいい……」と甘える若い女性。ケンはすかさず、「今すぐでなくていいんですよ。ただ明日にはこの部屋があるかどうかは、わかりませんが……」と言うと、男性はあわてて、「じゃ、この部屋に決めよう」と言って入居を決めた。自分で促しながらも「へー、こんなもんか」とケンは驚いた。あまりにも簡単すぎる。

ということからケンは次の日から店の「主任」ということで、暇があれば店に顔を出すことになった。どっちが社長かわからない、妙なシステムの勤務であった。給料は無い。しかし、働いた分はそっくり自分のものになる。ケンは実のところ、試験に受かったとはいえ、不動産に関しては全くずぶの素人。書式ひとつわからないのである。そこで、一時、その地域を仕切っている経験豊かな不動産屋でアルバイトをしながら不動産業に関する具体的な勉強をした。不動産業の主な仕事はアパートの斡旋。加えて土地の売買である。しかし、土地の面積は限られている。

土地の売買には「まんぱち（万八）」とか「せんみつ（千三）」という言葉がある。つまり「万に八つ、千に三つ」というくらい、商談が成立するのは難しいということを表している。

不動産業を開業

ケンは大学を卒業すると、ひと区切りつけるために思い切って大学の非常勤助手となった。大学の勤務が非常勤となってからは、急に呪縛から解き放されたかのように自由な時間を楽しんだ。まずは有名な私立高校の講師となり、また暇な時間は教育大学の講義を聞いたりしていた。

高校時代以来、長い間、昼と夜の二重生活をしてきた。そのために一日を昼夜の2つに分けて生きる習慣がすっかり身についていた。その「たが」をなんとかしてでも外してみたかったのである。かくしてケンは「自由」という、はじめての世界にしばらく身を浸《ひた》していた。〈なんでもできる！〉という解放感が未知の不動産業へと向かわせたのであった。

当時、上野は東北の玄関口であった。多くの人々が上野に群がった。結果、アパート斡旋とホテル建築がもの凄い勢いで進められていた。ご多分にもれず鶯谷もその中に含まれていた。

確かに土地の売買は「千三つ」、つまり千の話があってもまとまるのはわずか三つ、というほど成立が難しかった。しかし、アパートの斡旋は、なんと一日に一つから二つは間違いなく成立していた。その仲介料の基本は一か月の家賃とほぼ同額であった。アパート斡旋のシステムは簡単。アパートが建てられると、その大家から元請けに話がくる。元請けはその部屋の状況から家賃を決め、宣伝ビラを付近の不動産屋に配る。不動産屋はそれを窓ガラスに貼って、お客を呼び寄せる。入居者が決まれば、元請けと斡旋した不動産屋とが半々に仲介料を分配する。実に簡単なシステムであり、得られる収入も大きい。吉田が不動産業から離れられない理由はそこにあった。

確かに不動産業の免許がなければ、ただの斡旋屋であるが、その免許さえ取ってしまえば元請けにもなれる。つまり、アパートを作った大家から直接、依頼を受け、それをほかの不動産屋に斡旋を依頼することができるのである。

あえて自分が客を見つけなくても、半分の収入は自然と入ってくるという、まさに「濡れ手で粟」「一挙両得」の商売であった。なんと凄い収入システムではないか。

本格的に不動産業に乗り出す
―バブルの前触れ、高層ビルの建設―

ケンはいつのまにか元請けの魅力にはまってしまった。これまでの元請けは、大概が昔から地元に住んでいた土地の顔役であり、馴れ合いによる元請けであった。よって彼らは元請けをするのは当たり前のことと思っていた。当然、そこには我侭《わがまま》もあり、横柄な部分もいろいろな所で見受けられた。当時、都内に農地を持っていた地主は土地を売ることによって、思いがけない大金を手にした。いわゆる土地成金である。そのお金を「どう使うか」が、地主の専《もっぱ》らの課題であった。結果、「安定した収入が得られる」、ということからアパートを次々と建てたのである。

しかし、大家にとっての最大の問題はアパートを満杯にできるかどうか、また家賃をきちんと払ってもらえるかどうか、であった。土地の顔役である不動産屋は、こうしたことには全く無関心であった。つまり、その後の保障まではしてくれなかったのである。常に先端を走る東京であっても、そこかしこにこうした「古い顔」が居座っていたのである。とはいえ、新しい方法による商売が生まれても、別に不思議と思わないのもまた東京であった。さすが生き馬の目を抜く東京！

ケンはそこに目をつけた。

新規に開業するには、これまでどおりのやり方では新鮮味が無い。そこで「家主が最も心配していることを全て解決します」という触れ込みで、彼は吉田こと、「とっちゃん坊や」とともに、新規開業をしたのである。そして、新しいシステムで斡旋業を行うと宣言したのであった。

名称は「鶯谷不動産」。鶯谷の名称の発祥は知らなかった。しかし、いかにも鶯が綺麗な声で呼び掛けているようで、イメージは抜群であった。

開店一番の仕事として、吉田こと、「とっちゃん坊や」に、ケンの発想した条件を箇条書きにして、これから新しくアパート建設を目論んでいる地主さんに配布してもらった。

さっそく、アパートを建てる婆さんが相談に訪れた。

ケンは新しいシステムを書いた文章を渡し、丁寧に説明をした。ただし、この条件を持ち出して、ほかの店と交渉をしないことを条件とした。ケンが婆さんに示した条件は次のとおりである。

①入居状況を常に把握し、責任をもって7割の入居を保障する。不足の場合は斡旋業者（不動産屋）がこれを支払う（後に、これは法律に触れるということで撤廃）。

②家賃は責任をもって集金し、大家に一括納入する。したがって大家は集金しなくてもいい。

③トラブルがあった場合は責任をもって処理する（顧問弁護士を通して）。

これらの条件は今日では当たり前のことであるが、当時としては珍しいことであり、まだほかの業者は取り入れていなかった。確かに資金的に難しく、「賭け」であることは十分に承知の上であった。しかし、実際にはほとんどトラブルはなかった。

かくして、この保障システムはいつの間にか大家の間に浸透。元請けの数が急速に増した。ケンはこの元請けとして自動的に入る斡旋料を「保障基金」として、全て貯金にまわした。当然、元請け料は吉田と半々に分け合ったが、吉田もまた我慢してケンの貯金通帳に振り込んでくれた。これは将来、不動産屋業を辞める時には大きな力となった。

セメントの偉大な力、バブルの根源

突如、土地の斡旋依頼が舞い込んできた。不動産屋だから当たり前であるが、やはり「千三つ」か「まんぱち（万に八つ）」の世界である。しかもほかの不動産屋からみれば、まだ〝ひよこ〟のケンにである。

ケンは上野の寛永寺の土地が売りに出された時でも、そ知らぬ顔でいた。ほかの業者は坪40万円という相場に色めき立っていたが、ケンにとっては坪40万円が高いかどうかさえわからなかった。というより、土地の売買というと、業者と売り主が互いに坪単価に固執し、常に激しいやりとりをしているのを見て、とうてい自分の世界ではないと思ったからでもある。

ところが今回は上野寛永寺の土地とは全く別で、２００坪ほどの土地の斡旋がケンに持ち込まれたのである。やはりご多分にもれず、坪単価の交渉が始まった。ケンは買い手をひそかに呼び、「せっかく数少ない土地が売りに出されたのだから、２倍でも3倍でもいいじゃないの？」と言うと、買い手は目をむいてくってかかった。

ケンはそれを静かに押し止どめて、「あなたは財産家だ。予定の階数に加えて、もう3階くらい高くしてみたらいかがですか？　つまり7階では中途半端。10階建てのビルにでもしなければ、格好がつかないのでは。天下の上野ですから……。そうすれば、仮に坪単価が20万円でも10で割るんだから、単価は2万円でしかないことになる。その余計の階を高級マンションか事務所にしてもいいのでは？　せっかく建てるのだから」と説得をした。

これまで、坪単価に固執していた買主は「うーん」としばらく考えていたが、場所柄、欲しいことは欲しい。しばらくしてから、「そうか」と独り言をいい、納得をして購入を決断。これで一件落着。「高い！」と固執していた金額もあっさりと了解したのである。坪20万円でも10階にすれば、理論的には、たかだか2万円にしかならない。この論理が功を奏したのであった。

公正役場においても売り手、買い手、いずれも笑顔で金銭のやりとりがなされた。まるでマジックのような論理の前に、いずれも儲かったと錯覚していたのである。

考えてみれば不思議な話である。これまで坪単価は絶対不変。決して譲るものではないとされてきた。これを許せば「たわけもの（田分者）」になってしまうからで、古来からの重要なしきたりであった。その長い間の慣習があっさりと崩壊したのである。その最大の元凶はなにか？　いや要因はなにか？　鉄筋コンクリートの出現がそれを実現させたのである。つまり鉄とセメントである。

かつて木造住宅であれば4階建てが最高であった。ところが鉄筋コンクリートはあっさりと、この常識を壊してしまったのである。確かに農地では、10階・20階建てに勝る効率のよい作物は見当らない。とすれば、いかに鉄筋コンクリートが、これまでの常識を覆したかは明らかであろう。

おそらくこれから先は、長い間の慣習が徹底的に破壊され、土地の値段は、あって無いようなものになっていくに違いない。そして、掴んでも掴みきれない泡状のようなものに支配されていくであろう。つまりバブルである。そして、世の中の常識をどんどん壊していくに違いない――。

とにかく、鉄筋コンクリートの威力は絶大である。特にビルの建設によって名目的土地の価格は崩壊し、土地単価をとことん、わからなくしてしまうだろう。

人間は鉄筋コンクリートの威力によって、「有限の中に無限」を見いだしたのである。

こうして日本は、いやどこの国でも、土地の値段はどんどん上がっていくとケンは直感した。事実、その直後から日本は土地ブームが起こり、バブル景気へと突入した。起こるべくして起こった世の中の流れであった。

土地の売買から異様な方向に

先の土地の仲介料は総額の数パーセントでしかなかった。しかも3人の仲介者がいたことから、得られた仲介料はわずかなものであった。とはいえ、ケンにとっては思いがけない大きな収入であった。さっそく、関係者で祝いの会が開かれ、続いてキャバレーへと繰り出した。そして、そこで虎の子の仲介料をほとんど使い果たしてしまった。残ったのは虚しい思いだけであった。

ケンは思った。このような生き方をしていては、やがては泥沼にはまりこんでいくに違いない。落ちていく自分を闇の中でじーっと見つめていた。

事務所には毎日、金持ちの御曹司やアパートの収入で安楽に暮らしている土地成金の息子達が朝から巣くって（たむろして）、競馬や競輪、そして株などの話に花を咲かせていた。仕事もしないで一攫千金を夢見ている。

ケンにとっては最も嫌悪する人種であった。ところが、同僚の吉田はその中に入って結構楽しんでいるようであったので、素知らぬ顔をしていた。とはいえ、このような空気の中にいては自分がダメになる。これだけは間違いない。暗雲が彼の胸に垂れ込めた。

教授に見透かされる

久しぶりに大学に出勤。実験室に入り、いつものように油圧の実験をした。しかし、心の中では〈俺はこれでいいのだろうか〉と前途に不安を感じ、いつのまにか考え込んでいた。そうしたところに、教授がふらりと実験室に入ってきた。

「大沢さん、ちょっといいかね」と教授はケンを部屋に招き入れた。

「なにか君の日々は荒れているようだね」と静かに問いただされた。ケンはどきっとした。やはりわかるのだ。日々の荒れた生き方が。

いくら収入があっても、今の生き方は自分をぼろぼろにするだけだ。現に先が見えないではないか……。

それから1か月後、ケンは不動産屋からきっぱりと足を洗った。吉田が宅地建物取引員の試験に合格したことと、全ての債務がきれいに処理できたことなどからである。そして、吉田こと「とっちゃん坊や」に後を託して、不動産屋とお別れをしたのである。

それから40年の後、ふとしたことから鶯谷の駅を降り、店のあった場所にケンは立った。すでに店はなく、瀟洒《しょうしゃ》なビルが建っていた。「とっちゃん坊や」こと、吉田君はその後どうなったのだろうか……。

第二十九話　故郷の人に誘われて
― おさらば東京。急遽、故郷に ―

生まれ故郷の恩師、ガンに罹る

ケンの生まれ故郷に市議会の議長をしている、大沢国蔵という名士がいた。ケンと年齢は父子ほど違っていたが、なぜか〝ウマ〟があい、昵懇の仲となっていた。名字は同じであるが親戚ではない。

彼は議会の関係で、たびたび上京していたが、その時は決まってOホテルに宿泊した。ホテルはケンが勤めている大学に近いこともあって、そのたび毎にケンを呼んでは食事を共にした。そうしたある日、その娘さんから突如、「お父さんがガンに罹ったらしい」という涙声の電話が入った。

彼女が言うには、「これから急遽上京するので、ガン治療で有名なT大の今井教授を紹介してほしい」との依頼であった。

すぐさまケンは勤めているJ大学の「自動制御装置」の権威である馬場教授の研究室に

駆け込み、大沢氏との関係、大沢氏の現状を説明し、なんとか彼を助けてほしいと懇願した。馬場教授は元はT大の教授で、数年前にケンの勤めるJ大に招請されて教授を務めていた。研究室がケンの研究室の隣であったことから、時々、ケンは教授に呼ばれて実験を手伝っていた。そのような関係から失礼も顧みずに研究室に飛び込んだ次第である。

馬場教授がガン治療で有名なT大の今井教授とも同期の仲であることを知っていたからである。

馬場教授は「今井教授になんとか話をしてみましょう」と快く引き受けてくれた。やがて当の市議会議長、大沢国蔵氏がJ大学に到着。彼はついこの間一緒に食事をした時に比べて、一挙に10歳も老けたように見えた。付き添う娘さんも目を真っ赤にはらしていた。

大沢氏はケンに案内されて、馬場教授の研究室のドアを開けた。教授はにこやかに彼らを迎えてくれた。

大沢氏は研究室に入るや、娘に「あれを！」と言うと、娘は持参した風呂敷包みから反物を2巻き（2反）出して、教授に差し出した。反物を入れた木箱には「〇〇紬」と表示されていた。大沢氏はこの高価な紬を机の上に広げながら「地元の奥深い村で織られた貴重な紬で」と先生に示しながら、「このたびはわがままを申し上げまして……」と失礼を詫び、T大の今井教授への橋渡しに心から感謝し、改めて懇願をした。

馬場教授は〈こんな高級なものを！〉と驚いてその珍品を眺めながら、この年老いた大沢氏を「いやいや遠いのにご苦労さまです。ご病気のお体でよくぞ上京なされました」とやさしく労《いた》わり、「今井教授に連絡を取ってみましたところ、明日にでもお越しくださいとのことです。時間をとっておいたそうです」と、今井教授の言葉を伝えた。

大沢氏は馬場教授の手を両手で握って、目を真っ赤にはらした顔で、幾度も幾度も感謝の言葉を口にした。確かに馬場教授と今井教授の好意は普通では考えられない異例のことであった。それを大沢氏は十二分に理解していたのであった。むしろ間に入ったケンが、最も知らなかったといっていい。

やがて父娘は馬場教授に丁重にお礼を述べて宿舎に帰った。

そして翌日、大沢氏はT大病院の今井教授の診察を受けた。結果、「喉頭ガン」であることが判明。直ちに手術をし、一命を取りとめることができた。

まさに危機一髪であった。

人生は旅人、未知の世界へ向かって

故郷の田舎で市議会の議長をしていた大沢国蔵はすっかり元気を取り戻した。とはいえ、声帯を切除したので、声は出ず、筆談となった。

以来、彼は執拗にケンに故郷に帰ることを促した。

しかし、それでは故郷でなにをすればいい？　故郷になにがある？　ケンにとってそれが最大の問題であった。

よくよく考えてみれば、自分にはなにもないことに気付いた。故郷に帰ったところで、よって立つなんの技術も持っていないのだ。

振り返ってみれば、これまで、ただ不思議な運命に導かれて今日があるのであって、これといった技術もなければ、ずば抜けた能力も無いことに、改めて気付いたのであった。

確かにケンは、これまで不思議な因縁から、機械会社において決して専門とはいえないまでも、いろいろな技術を経験することができ、また大学の研究室においても、流体機械や油圧機械に関する研究もでき、普通ではなかなか経験できない人生を歩いてきた。しかし、「自分自身、一体、なにができるのか？」と考えてみると、実はなにもなかったのである。

確かに大学を出たという学歴や○○大学に勤務したという一見すばらしい経歴はあるが、それがなんだというのだ。実質的な実力はなにもないではないか。

つまりこれまで、架空の世界を渡り歩いてきたような人生であったことを改めて実感したのであった。まさに宙を浮くような経歴でしかないのだ。

だから「おまえ、一体なにができる？　それで食って生きていけるか？」と聞かれたときに、「なにもできません」と答えるしかないのだ。

ある植木屋の父親が卓越した腕をもつ職人に「おまえは指一本、腕一本で、花も蕾も姿を変えることができる。お前のような男はほかにおらん」と誉めていた。その時、ケンは植木屋の親父の言葉を何気なく聞いていたのであるが、今となってみると、これほど羨ましいことはないと、しみじみ感じたのであった。そして、かつて会社で、黙々と「きさげ」作業をしていた親父さん、あるいは旋盤の親方、そしてカメラ会社のレンズ磨きの爺さまを思い出していた。彼らは「あなたは一体なにができる？」と聞かれれば、きっと「俺にはこれしかない。だからこれで生きる」と答えるだろう。ケンには、そういった、「よって立つもの」がなにも無いのだ。改めて、彼ら大先輩諸氏の生き方が、いきいきと輝いて見えた。

ケンは「なにも無い」と言いながらも、「これまで生きてきた時間は無駄であった」とだけは思いたくなかった。

いろいろ考えた末にケンは〈とにかく、ここで第1回の人生を終わりとしよう〉と決意した。というのも〈終わりは新しいことの始まり〉と思ったからである。

そして〈ゼロから再出発しよう！　未知は夢だ。夢があるからこそ歩けるのだ。本当の自分を試すいい機会ではないか〉と思ったからである。

ただ、未知の世界にはなんの保証も無い。誰も味方についてくれる人がいるわけでもない……まさに人生は旅人だ。それに耐えていけるか。そして思うことは、次はどんな世界が待ち受けているのだろう……ということであった。

故郷で寺の再建に挑む

大沢国蔵老は病気が回復するや市議会の議長を辞め、稼業の新聞発行と印刷業に専念していた。そして、度々上京しては、ケンに故郷に帰ることを強く要望したのである。そこでケンは「故郷でなにをすればいいのか？　故郷に一体なにがある？」と尋ねたところ、その答えがようやく明らかになった。

それはなんと、これまで全く無縁の、しかも畑違いの思いがけない仕事であった。「実は、今にも倒壊しそうなお寺がある。その寺の清算、あるいは再建である」というのだ。つまり、ケンの田舎に今にも倒れそうなお寺がある。そこで、その寺を一挙に廃寺にして清算するか、または皆で力を合わせて再建するか。そのいずれかのことをケンにやってほしいというのだ。というのも、そうした難しい仕事を引き受けてくれる人物がなかなか見当らないという。歴史のある寺であることが、一層それを困難にしていたのである。

結果、これまでいろいろな経験をしてきたケンに白羽の矢が立てられたのであった。つまり、その大事業の音頭をとってほしい、ということであった。

「お寺の世界」……ケンにとっては全く無縁な、そして未知の世界であった。

ケンの勤める大学はキリスト教系。お寺とは全く正反対な世界である。

そんなことから、まるでなにか幻の世界の話を聞いているような感じがしていた。今さら未知の世界を託されても……。ケンは困惑した。

　まさに火中の栗を拾いに行くようなものではないか。おまえはその苦労を買いにゆくのか。それとも夢を買いに行くのか……。

　躊躇する彼に、「それはケン、君の問題だ！」と、どこか遠いところから、そんな声が聞こえた。

「寺の精算か、または再建」。無から有を生みだす……滅多にない仕事ではないか。しかも、これを逃せば、もう二度とこのような話は来ないであろう。

　つまり不動産の言葉、「万に一つ」、有るか無いかの話であった。とはいえ、一朝一夕でできる仕事ではない。ケンのようにいろいろな経験を経てきた人間でなければ成就できない仕事であるかもしれない。

　そう思った時、ケンはまたもや、妙な義侠心がどこからともなく湧いてきた。そして、やってみてもいい、という思いが、むくむくと燃え上がるのを感じていたのである。そして、まだ見たこともない未知な世界に大きな興味が湧いてきていた。結果、ケンは意を決してその話に乗った。新しい夢のような世界か？……。ケンの人生を彩った川崎、そして東京人生に幕を下ろした。かくして、長年住み慣れた川崎・東京の地を離れ、再び生まれ故郷の越後に向かうこととなったのであった。

　新しい世界にはどんな人生が待ち受けているのだろうか。ただわかることは、決して平坦な道のりではない、ということである。いわば、火中の栗を拾いに行くのである。なん

でわざわざ面倒な世界に飛び込むの？　と友は言う。それがケンの個性だから……という
しかない。

ケンの人生はまさに流浪の旅になった。
昔は故郷に帰るには「故郷に錦を飾る」ことが憧れであり、また目標でもあった。いう
なれば故郷を出たものに課せられた課題でありまた「飾らざれば帰るべからず」でもあっ
た。しかし、ケンの場合はそれとはまったく違った道であった。どう言えばいい。ただ運
命にまかせ、ゼロの心で、まだ見ぬ世界に挑む。そんな心境であった。
さあ、新しい時代よやってこい。第2の人生は故郷だ。ケンはただ今人生半ばの25歳。
故郷に向かって再出発だ！

〈著者紹介〉
石田哲彌（いしだ てつや）

昭和17(1942)年生まれ。東京理科大学卒業。上智大学理工学部勤務を経て、新潟県立高校教師。寺院を再建。長福寺、瑞雲寺を経て現在、昌興寺住職。

和算、石仏、上杉謙信、本庄実乃、妙徳院などの研究や禅文化と茶道の関係を追跡し、日本の精神文化を探求。「山ノ神」、「村上茶の起源」を発見。新潟県史編纂委員。栃尾市文化財委員長。越後米百俵塾実行委員長などを歴任。現在、日本石仏協会理事。新潟県文化財保護連盟理事。新潟県民俗学会理事。新潟県石仏の会顧問。栃尾観光協会顧問。栃尾謙信公奉賛会副会長など。

著書に『石仏学入門』、『越後佐渡の石仏』、『道祖神信仰史の研究』、『火防　秋葉信仰の歴史』、『秋葉山の算額』、『茶席の禅語講座』、『how to　栃尾弁』などがある。現在、『知性を巡る旅（長岡新聞社）』、『上杉謙信、本庄実乃（栃尾タイムス社）』を連載中。「曹洞宗特別奨励賞（駒澤大学）」、「坊ちゃん賞（東京理科大学）」受賞。

この子《こ》ばっかしゃ

2024年3月22日　第1刷発行

著　者　　石田哲彌
発行人　　久保田貴幸

発行元　　株式会社 幻冬舎メディアコンサルティング
〒151-0051　東京都渋谷区千駄ヶ谷4-9-7
電話　03-5411-6440（編集）

発売元　　株式会社 幻冬舎
〒151-0051　東京都渋谷区千駄ヶ谷4-9-7
電話　03-5411-6222（営業）

印刷・製本　中央精版印刷株式会社
装　丁　　弓田和則

ISBN 978-4-344-94988-1 C0095
幻冬舎メディアコンサルティングＨＰ
https://www.gentosha-mc.com/